I0686342

LES OUVRIERS DES DEUX MONDES,

PUBLIÉS PAR LA SOCIÉTÉ D'ÉCONOMIE SOCIALE,

RECONNUE D'UTILITÉ PUBLIQUE.

Deuxième série. — 36ᵉ fascicule.

ALLUMEUR DE RÉVERBÈRES

DE NANCY (MEURTHE-ET-MOSELLE),

JOURNALIER,

DANS LE SYSTÈME DES ENGAGEMENTS VOLONTAIRES PERMANENTS,

D'APRÈS

LES RENSEIGNEMENTS RECUEILLIS SUR LES LIEUX, EN 1893,

PAR

M. CHASSIGNET,

Ancien élève de l'École polytechnique.

PARIS,

LIBRAIRIE DE FIRMIN-DIDOT ET Cᴵᴱ,

IMPRIMEURS DE L'INSTITUT, RUE JACOB, 56.

1895.

LES OUVRIERS DES DEUX MONDES.

DEUXIÈME SÉRIE. — 36º FASCICULE.

AVERTISSEMENT

DE LA SOCIÉTÉ D'ÉCONOMIE SOCIALE.

L'Académie des sciences, en 1856, a couronné le premier ouvrage de science sociale publié par F. Le Play, *les Ouvriers européens*. Elle a en même temps exprimé le désir qu'une pareille œuvre fût continuée. La Société d'Économie sociale, fondée aussitôt par l'auteur de ce livre aujourd'hui célèbre, lui a donné pour suite *les Ouvriers des Deux Mondes*. De 1857 à 1885, la Société a publié une première série de cinq volumes contenant quarante-six monographies de familles ouvrières.

La deuxième série des *Ouvriers des Deux Mondes* a commencé en juillet 1885. Le premier tome de cette série a été terminé en juillet 1887; le deuxième, à la fin de 1889; le troisième, au commencement de 1892. Ils comprennent les descriptions méthodiques de nombreuses familles d'ouvriers, appartenant à la Bretagne, la Picardie, le Nivernais, l'Ile-de-France, la Provence, la Gascogne, le Dauphiné, la Normandie, la Marche, l'Orléanais, le Limousin, l'Angoumois, le Forez, la Lorraine, la Corse, la Grande-Russie, la Grande-Kabylie, le Sahel, le Sahara algérien, la Belgique, la Prusse rhénane, la Sicile, la campagne de Rome, la Capitanate, l'Angleterre, la Laponie, l'Alsace, la Hollande, la Suisse, les États-Unis. Le présent fascicule, le 36° de la seconde série, termine le tome IV (voir au verso de la couverture).

La publication se poursuit par fascicules trimestriels, avec le concours de la maison Firmin-Didot. Un tel concours lui assure cette perfection que nos lecteurs ont su apprécier dans une œuvre typographique particulièrement délicate.

Les prochains fascicules contiendront les monographies de famille d'un Armurier de Liège, d'un Pêcheur de l'archipel Chusan (Chine), d'un Ouvrier de l'usine du Val-des-Bois, d'un Pêcheur de Fort-Mardyck, d'un Ardoisier d'Angers, etc.

ALLUMEUR DE RÉVERBÈRES

DE NANCY (MEURTHE-ET-MOSELLE),

JOURNALIER,

DANS LE SYSTÈME DES ENGAGEMENTS VOLONTAIRES PERMANENTS,

D'APRÈS

LES RENSEIGNEMENTS RECUEILLIS SUR LES LIEUX EN 1893,

PAR

M. CHASSIGNET,

Ancien élève de l'École polytechnique.

OBSERVATIONS PRÉLIMINAIRES

DÉFINISSANT LA CONDITION DES DIVERS MEMBRES DE LA FAMILLE.

DÉFINITION DU LIEU, DE L'ORGANISATION INDUSTRIELLE ET DE LA FAMILLE.

§ 1.

ÉTAT DU SOL, DE L'INDUSTRIE ET DE LA POPULATION.

Située sous un climat sain quoiqu'un peu rude, à une altitude moyenne de 210 mètres, par 30°31'16" de longitude et 48°41'31" de latitude, dans une vallée fertile et agréablement accidentée, non loin du confluent de la Meurthe avec la Moselle, au pied des collines boisées qui séparent ces deux rivières, Nancy, résidence de la famille décrite dans la présente monographie, couvre, avec ses longs faubourgs, en majeure partie de construction récente, un espace d'environ 1.500 hectares. Les jardins, les prés, les vergers, les vignes et les champs, aux cultures variées, des villages environnants attestent la fécondité de la contrée, et de nombreuses usines, forges, fonderies, laminoirs,

44

salines, soudières, etc., révèlent les richesses d'un sous-sol abondan en minerais ferrugineux et sources salifères. Mais tandis que les exploitations agricoles remontent la plupart à l'époque gallo-romaine, les établissements industriels datent à peine d'une cinquantaine d'années et c'est depuis lors aussi que Nancy a pris plus d'importance. Jusque vers 1840, l'ancienne capitale de la Lorraine, rattachée à la mère-patrie, n'était qu'un chef-lieu départemental de second ordre, aux rues larges et régulières, aux places spacieuses et élégantes, mais dépourvu de toute animation et paraissant trop vaste pour les 30 à 35.000 habitants résidant dans son enceinte.

La mise en valeur des richesses souterraines, successivement découvertes dans les environs, vint tirer Nancy de la somnolence où elle se reposait après les agitations des troubles révolutionnaires et des guerres impériales. Le réveil fut aussi vif qu'imprévu ; en moins de trente ans, la ville subit une transformation complète, la population doubla, des quartiers neufs surgirent dans la banlieue, pendant que grandes cheminées et hauts fourneaux s'élevaient, de tous côtés, aux alentours. Loin de ralentir ce mouvement, les cruels événements de 1870-71 l'accentuèrent encore. Forcés, par une interprétation léonine du néfaste traité de Francfort, de quitter leur pays natal afin d'échapper à la nationalité allemande, beaucoup de Lorrains ou d'Alsaciens, chefs de maison, se réfugièrent, suivis de leur personnel, à Nancy, où s'introduisirent ainsi dé nouveaux éléments d'activité et de prospérité avec un supplément d'environ 8.000 habitants. Cette crue trop subite ne fut pas sans causer quelques embarras, et fut suivie d'une courte période de stationnement ; puis la marche ascendante recommença et, dès 1886, le recensement constatait une population de 79.071 habitants, chiffre dépassé aujourd'hui de plusieurs milliers.

Une si énorme extension n'a pas été, à la vérité, sans regrettables compensations. Un instant gravement compromise, par les travaux de voirie, de canalisation, de constructions ou autres qu'il fallut exécuter d'urgence après 1871, la salubrité de la ville se releva bientôt, sans toutefois redevenir aussi grande que par le passé, alors que la population était moins dense. En même temps le paupérisme, jadis à peu près inconnu dans la localité, s'y développait suivant une progression parallèle à celle de la richesse ; la hausse des salaires n'ayant compensé celle de la vie matérielle que pour les célibataires, non pour les chefs de familles ayant à subvenir, par leur seul travail, à l'entretien de plusieurs personnes. Enfin, par une malheureuse coïncidence, quand il devenait plus que jamais désirable que les femmes pussent, sans quitter le foyer domestique, apporter leur contingent aux recettes familiales, une industrie, remplissant cet objet mieux qu'aucune autre, celle de la broderie à la main, longtemps très florissante à Nancy, entrait dans une voie de décadence dont elle ne paraît plus devoir sortir. Si donc la ville est devenue plus brillante, plus animée et plus opulente qu'elle ne le fut durant la première moitié du siècle, l'existence y est maintenant plus difficile, surtout pour les ménages vivant du labeur manuel et chargés d'enfants.

§ 2.

ÉTAT CIVIL DE LA FAMILLE.

La famille T*** comprend huit membres, savoir :

1° JOSEPH T***, chef de famille, né à Gœrsdorff, canton de Wœrth (Bas-Rhin). 35 ans.
2° SOPHIE B***, sa femme, née à Saint-Martin, canton de Villé (Bas-Rhin).. 31 —
3° JOSEPH T***, leur fils aîné, né à Nancy............................. 12 —
4° EUGÈNE T***, leur second fils, né à Nancy......................... 11 —
5° MARIE T***, leur fille aînée, née à Nancy......................... 7 —
6° JEANNE T***, leur seconde fille, née à Nancy..................... 5 —
7° XAVIER T***, leur troisième fils, né à Nancy..................... 18 mois
8° JOSÉPHINE T***, leur troisième fille, née à Nancy................ 1 —

Le père et la mère, venus l'un et l'autre d'Alsace, se sont rencontrés et bientôt mariés à Nancy. Joseph T*** a depuis longtemps perdu ses parents; il a deux frères, l'aîné, exempté du service militaire, est resté au village natal, l'autre exerce, à Saint-Dié (Vosges), la profession de ferblantier; une sœur, mariée à un forgeron, habite Gerbévillers (Meurthe-et-Moselle).

Le père de Sophie B***, originaire de Strasbourg, est mort en 1880 à Saint-Martin; sa veuve y occupe encore, avec une fille aînée célibataire, la maison patrimoniale. Les époux B*** ont eu aussi deux fils, l'un émigré en Amérique, dont on a rarement des nouvelles, l'autre marié à Nancy, où il est établi comme ferblantier.

§ 3.

RELIGION ET HABITUDES MORALES.

Sans s'astreindre à une fidèle observance du culte catholique, la population ouvrière de Nancy est loin d'être hostile à la religion; on s'en aperçoit à l'affluence dans les églises en certaines fêtes solennelles, au nombre des élèves suivant les écoles chrétiennes malgré la bonne tenue des écoles municipales, à l'importance attachée dans presque toutes les familles à la première communion des enfants, enfin à l'extrême rareté des enterrements civils. Mais, à côté de cette majorité, plutôt négligente qu'ennemie, existent deux minorités, l'une d'énergumènes impies, l'autre de catholiques fervents. Les époux T*** appartiennent tous deux à cette dernière catégorie et s'acquittent régulièrement de leurs devoirs religieux, sans toutefois être affiliés à aucune confrérie pieuse. Ils entendent même très largement le précepte du repos dominical. Après une messe entendue de bon matin, la femme s'occupe d'ordinaire des nettoyages ou raccommodages négligés en semaine, et le mari, outre son service d'allumeur, ne croit pas mal faire en se livrant à des travaux de jardinage qu'il considère comme une distraction, utile à la santé en même temps que profitable au ménage.

Joseph T*** ne fréquente pas le cabaret; si quelque circonstance l'y entraîne, il boit sans excès, et quand par aventure il s'est laissé aller à quelques dépenses exagérées pour sa position, il supporte au retour, sans colère, les remontrances de sa femme en convenant de ses torts. En résumé, c'est un homme honnête, intelligent, un peu indolent, très attaché à sa femme ainsi qu'à ses enfants et de mœurs douces, à moins qu'il ne soit ou ne se croie injustement attaqué; car alors, comme il l'a montré une fois dans sa jeunesse, il deviendrait capable d'une violence très opposée à son habituelle mansuétude.

De son côté, active, laborieuse, frugale, se contentant de peu et évitant sans affectation les trop fréquentes relations de voisinage qui finissent souvent par amener des querelles, la femme est toute dévouée à son mari et à ses enfants. Outre la cuisine, le blanchissage et tous les soins du ménage, elle aide encore son mari dans la confection des chaussures; toutefois il faut reconnaître qu'elle apporte à ses multiples besognes de ménagère plus de bon vouloir, de zèle et d'activité que de soin et d'ordre. La tenue des enfants, de l'appartement et de sa propre personne laissent fort à désirer.

Les deux époux acceptent les embarras et les privations résultant de leur situation précaire avec une résignation sans aigreur ni tristesse; mais peut-être entre-t-il dans cette philosophie, une trop forte dose d'incurable imprévoyance.

§ 4.

HYGIÈNE ET SERVICE DE SANTÉ.

Joseph T*** est de taille moyenne ($1^m,64$), maigre et d'apparence peu robuste ; ses cheveux châtain clair et son teint pâle décèlent des tendances au lymphatisme ; pourtant sa santé générale n'est pas mauvaise et il supporte les fatigues d'un état qui l'oblige à des courses rapides chaque jour, quelque temps qu'il fasse, mieux que l'assiduité sédentaire des cordonniers. Le jardinage est le travail qui convient le mieux à son tempérament comme à ses goûts.

Petite, brune de teint avec les yeux et les cheveux noirs, la femme forme, au physique, un contraste complet avec le mari ; on la prendrait plutôt pour une méridionale que pour une Alsacienne. Malgré l'exiguité de la taille, elle ne manque ni de vigueur ni d'énergie et s'acquitte, sans plainte, d'une assez lourde besogne. Elle a jusqu'ici bien supporté ses multiples grossesses et nourri elle-même ses enfants ; mais n'ayant que peu de lait, pour son nourrisson actuel, elle est obligée de recourir au biberon comme auxiliaire ; sa dernière-née ne paraît pas s'en trouver mal.

Sauf la seconde des filles, les enfants sont bien portants et ne semblent pas trop se ressentir jusqu'ici de la nourriture végétarienne en usage dans le ménage par une raison d'économie, malheureusement trop bien fondée. Peut-être les inconvénients de cette alimentation défectueuse sont-ils compensés par les avantages hygiéniques d'une habitation située pour ainsi dire à la campagne, à l'extrémité d'un faubourg, dans un quartier où il reste de vastes espaces non bâtis, encore occupés par des jardins ou des vergers.

Quoique l'état sanitaire de la famille T*** soit d'ordinaire assez satisfaisant, on y est exposé pourtant comme ailleurs à quelques indispositions, plus ou moins sérieuses. On recourt alors au médecin délégué par le bureau de bienfaisance, pour le quartier, et cela suffirait amplement si ce docteur était autorisé, dans des limites moins étroites, à prescrire des remèdes gratuits. Mais on remarque, à cet égard, une déplorable antinomie, dans l'organisation de l'Assistance publique, à Nancy. Tandis qu'à l'hôpital les malades sont traités, pour le régime alimentaire ou pharmaceutique, aussi bien que peuvent l'être

chez eux les gens aisés, on montre, pour les secours à domicile, une regrettable et inexplicable parcimonie. Ne conviendrait-il pas, au contraire, surtout avec un hôpital trop souvent encombré, d'encourager
les soins donnés au foyer domestique, moins dispendieux, pour l'Assistance publique, que le traitement à l'hôpital et, — ce qui est plus à con-
sidérer encore, — très favorables au resserrement des liens familiaux?

§ 5.

RANG DE LA FAMILLE.

Comme allumeur de réverbères, Joseph T*** appartient à la catégorie
des ouvriers liés à une société en commandite par un engagement per-
manent et payés au mois; comme cordonnier, état qu'il continue à
exercer accessoirement, c'est un artisan, possesseur de son outillage,
travaillant à ses pièces et ajoutant à son salaire le produit de quelques
industries complémentaires. Parvenant à peine, malgré tout, à équilibrer ses recettes avec ses lourdes charges, il n'a d'autre chance, pour
s'élever au-dessus de sa condition actuelle, que de devenir brigadier du
gaz, avancement peu probable, au moins à bref délai, et qui d'ailleurs
n'améliorerait pas très sensiblement sa position.

La famille T***, qui habite depuis longtemps là même maison et y
vit paisiblement, en bonnes relations, sans intimité, avec ses voisins, est
bien considérée dans le quartier, mais n'y jouit d'aucune influence.

MOYENS D'EXISTENCE DE LA FAMILLE.

§ 6.

PROPRIÉTÉS

(Mobilier et vêtements non compris).

IMMEUBLES. — La famille ne possède point d'immeubles, car on ne
peut mentionner, sous cette dénomination, le petit hangar construit sur
le terrain du propriétaire de la maison et qui n'a pour la famille T***

que la valeur des matériaux employés, puisque c'est là ce qui lui en resterait en fin de bail.

ARGENT. — Loin d'avoir la moindre somme en réserve, la famille est la plupart du temps fortement arriérée, en sorte que tout argent reçu a d'avance sa destination. On constatera peut-être un léger excédent de recettes au budget, .mais il ne tarde pas à être dépensé pour améliorer quelque peu la situation 0ʳ00

ANIMAUX DOMESTIQUES. — Entretenus toute l'année. . . . . 50ʳ00.

1 coq, 19 poules et 4 lapins d'une valeur totale d'environ 50ʳ00.

MATÉRIEL SPÉCIAL des travaux et industries. . . . . 171ʳ50.

1° *Pour le service du gaz.* — Il est fourni par la Compagnie.

2° *Pour les travaux de cordonnerie.* — 1 établi et 2 tabourets, 3ʳ00 ; — Marteau et pince, 5ʳ50 ; — 2 fers à déformer, 1ʳ50 ; — 5 tranchets, 5ʳ00 ; — 5 alènes, 5ʳ00 ; — 3 râpes, 3ʳ00 ; — 1 dard, 0ʳ25 ; — 1 compas, 0ʳ50 ; — 1 pierre à aiguiser, 0ʳ25, — 2 crochets, 1ʳ00 ; — 1 lime, 2ʳ00 ; — 1 broche, 1ʳ25; — 1 lampe, 2ʳ15 ; — 2 pinceaux, 0ʳ50 ; — fournitures diverses : fil, soie, etc., 2ʳ00. — Total , 32ʳ90.

3° *Pour l'exploitation de la basse-cour.* — Un hangar (dont il est question plus haut sous la dénomination : immeuble), 100ʳ00.

4° *Pour le blanchissage et l'entretien du linge et des vêtements.* — 1 lessiveuse, 7ʳ00 ; — 1 baquet, 1ʳ00 ; — 1 battoir, 0ʳ60 ; — aiguilles, dé à coudre, fer à repasser, fil, etc., 5ʳ00. — Total, 13ʳ60.

5° *Pour le jardinage.* — Bêches, râteau, plantoirs, arrosoirs, brouette, etc., d'une valeur totale de 25ʳ00.

VALEUR TOTALE des propriétés. . . . . 221ʳ50.

§ 7.

SUBVENTIONS.

Sans l'aide de quelques subventions, le ménage serait souvent dans la misère quand arrive une indisposition, lors des accouchements ou dans la morte-saison de la cordonnerie. Dans de telles circonstances, il est regrettable d'avoir à constater l'extrême parcimonie des patrons. La Compagnie du gaz se contente de céder à son personnel le coke avec une réduction du quart sur le prix commun de vente (1).

Dans la cordonnerie c'est pis encore : les patrons les plus bienveillants

. (1) Il est vrai qu'en vertu de dispositions testamentaires prises par MM. Constantin frères, fondateurs de la Compagnie, tout employé ou ouvrier, après vingt-cinq années de service, a droit à une pension viagère plus ou moins forte suivant l'emploi et la durée des services, pourvu que les ressources de la caisse spéciale le permettent.

se bornent à consentir des avances, dans les moments de gêne; mais aucune des nombreuses maisons de cette industrie ne possède d'institutions patronales. Aussi les ouvriers, n'ayant de rapports qu'avec les employés aux réceptions, passent-ils, sous le moindre prétexte, d'une manufacture à l'autre.

C'est donc au bureau municipal de bienfaisance et aux sociétés charitables que le ménage T*** doit les subventions qui suppléent à l'insuffisance des salaires professionnels ou des bénéfices tirés d'industries accessoires. Il reçoit ainsi, durant la saison rigoureuse, par distributions hebdomadaires, du bureau de bienfaisance 14 bons de pain et de combustible; de la Société Saint-Vincent de Paul, 16 bons de pain, autant de combustible et de pommes de terre; en outre, le reste de l'année, 1 kilogramme de pain par mois.

De plus, à des époques indéterminées, la famille touche encore des secours exceptionnels en principe, mais qui, en fait, se renouvellent tous les ans. Ils se composent le plus souvent, pour le bureau de bienfaisance, des médicaments prescrits par le médecin délégué et d'effets de couchage (paille ou couvertures), demandés par les visiteurs, et, pour la Société Saint-Vincent de Paul, de bons de viande ou de bons supplémentaires, — pain, riz ou légumes secs, — de chaussures pour les enfants, et plus rarement, d'effets d'habillement ou de couchage. Les Dames de charité donnent aussi quelques vêtements pour les filles, mais sans périodicité. C'est surtout en cas d'accouchement que se fait sentir leur intervention; il est alors délivré, soit par elles, soit par les sœurs de Saint-Charles, établies dans le quartier, outre quelques aliments réconfortants pour l'accouchée, une layette et un berceau pour le nouveau-né. Enfin, pour mémoire et sans qu'il soit possible d'en tenir compte au budget comme d'une ressource assurée, il faut signaler que, presque tous les ans, la Société Saint-Vincent de Paul et les Dames de charité réunies décident qu'à l'occasion des fêtes de Noël les enfants des familles assistées qui n'ont pas encore fait la première communion, recevront chacun, en cadeau, un effet d'habillement, un jouet et quelques friandises.

L'évaluation exacte de ces subventions n'est pas possible; les prix et les allocations elles-mêmes étant trop variables. Cependant, en considérant les chiffres moyens, on peut estimer les subventions annuelles comme suit : 17ᶠ10 du bureau de bienfaisance (savoir : 14 bons de pain à 0ᶠ35; — 2 bottes de paille à 1ᶠ00; — 1 couverture à 6ᶠ00; — 14 bons de combustible à 0ᶠ30); 38ᶠ05 de la Société

Saint-Vincent de Paul (savoir : 25 bons de pain à 0ᶠ35; — 16 bons de pommes de terre à 0ᶠ10; — 5 bons de viande à 0ᶠ65; — 3 bons de riz ou légumes secs à 0ᶠ35; — 4 bons de paille à 1ᶠ00, — 4 paires de chaussures à 3ᶠ50; — 16 bons de combustible à 0ᶠ30); en sorte que le total des subventions, non compris le service médical et l'assistance en cas de maladie ou d'accouchement, s'élèverait à 55ᶠ15, somme à laquelle il faut ajouter 20ᶠ00 pour tenir compte de la réduction consentie en faveur de son personnel, par la Compagnie du gaz, sur les tarifs communs.

§ 8.

TRAVAUX ET INDUSTRIES.

Allumer et éteindre, chaque jour, aux heures déterminées suivant les saisons, cinquante-quatre réverbères, placés le long des rues, les entretenir en bon état de propreté, signaler, s'il échet, les réparations à effectuer, enfin passer, toutes les semaines, une nuit au poste des veilleurs, tel est le principal travail de Joseph T***. Y compris la garde, comptée pour 10 heures, cette besogne l'occupe environ 38 heures par semaine, soit 1.976 heures par an. Il reçoit un salaire mensuel de 102 ou 105 francs, selon qu'il s'agit d'un mois de 30 ou 31 jours; de plus il a une gratification de 5ᶠ00 payée au 1ᵉʳ janvier; cela fait une rétribution annuelle de 1.250ᶠ00. Il y a quelques gratifications extraordinaires; mais, étant presque toujours réservées aux plus anciens employés, il n'y a pas à en tenir compte ici. A première vue, la rétribution paraît assez élevée, car le métier est d'apprentissage facile, ne réclame guère que de l'exactitude avec un peu d'attention et laisse beaucoup de loisir. Mais quand on réfléchit que l'allumeur est obligé à des courses nocturnes toujours fatigantes, quelquefois même dangereuses pour la santé, l'impression change et le salaire semble bien gagné. Ce qui est incontestablement le plus précieux avantage de la profession, c'est la fixité de la rétribution et l'absence de tout chômage.

Dans ces conditions, Joseph T*** ne peut guère consacrer plus de quatre heures, par jour ouvrable, à son ancien état de cordonnier; mais il y a des périodes où les commandes sont assez réduites pour ne demander que deux heures de travail. En somme, au dire de l'ouvrier, qui ne tient aucune comptabilité mais se rend assez bien compte de ses affaires, il gagne encore, dans la confection des chaussures, environ 500 francs par an, avec l'aide de sa femme, qui empoisse les fils, polit les talons et les semelles, va chercher l'ouvrage et le rapporte au magasin. Détail à noter comme attestant l'union des époux : tandis que la femme est très fière d'être la collaboratrice de son mari, ce dernier est porté à exagérer un peu la part revenant à sa femme, dans le labeur commun, et déclare qu'il ne pourrait faire que la moitié de la besogne, s'il était seul à travailler.

La culture d'un potager, ayant environ huit ares de superficie, attenant à l'habitation et où l'on récolte divers légumes (choux, carottes, navets, salades, etc.), même aussi quelques fruits (fraises et groseilles), procure au ménage T***, tant par la vente que par la consommation directe, des bénéfices estimés par les époux à 150 francs, au moins, par année moyenne. Mais, en face de cette recette, il faut mentionner aux comptes annexés (§ 16, A) les frais de location du terrain, d'achat de semences ainsi que le travail de la famille. Quant à l'engrais, il est ramassé par les enfants sur la voie publique.

Il reste à mentionner la basse-cour qui, avec fort peu de peines, procure à la famille une recette très appréciée.

En plus de la part prise à la confection des chaussures et aux soins de la basse-cour ou du jardin, la femme n'a d'autre occupation que le ménage; quoique médiocrement tenu, il suffit amplement, avec le blanchissage et les raccommodages, à absorber tout son temps.

Les enfants aînés rendent déjà quelques menus services; mais, n'ayant pas encore terminé la période d'écolage, ils ne peuvent rien gagner ni même commencer l'apprentissage d'un métier. Ils ne sont donc jusqu'ici qu'une cause de dépense et ce ne sera pas avant deux ou trois ans, au moins, qu'ils commenceront à contribuer aux recettes.

MODE D'EXISTENCE DE LA FAMILLE.

§ 9.

ALIMENTS ET REPAS.

Le matin, au lever, on prend un premier repas composé exclusivement d'une tasse de café noir et d'un gros morceau de pain. Le lait qu'on ajoutait autrefois au café est maintenant réservé aux plus jeunes enfants.

A midi, dîner : le plus souvent avec un pot-au-feu plus copieux en légumes et pain qu'en viande, ou un plat de légumes (choux, choucroute, carottes, pommes de terre, etc.,) préparés au lard, ou encore, mais plus rarement, soit du cheval grillé, soit du lapin ou du poulet en ragoût. Aux jours d'abstinence religieuse, on mange tantôt un potage maigre, très épais, aux pâtes, au riz ou aux légumes, tantôt une omelette.

Le souper se compose de légumes frais ou secs, suivant la saison ou bien d'une salade aux œufs durs. On ne mange pour ainsi dire jamais de poisson. De temps à autre, pendant la saison, on peut ajouter aux repas quelques fruits, — cerises, fraises, groseilles ou pommes, — achetés à bon marché, reçus en cadeau ou récoltés dans le jardin. Mais, comme on ne consomme pas de fromage, il n'y a jamais de dessert, en hiver.

En résumé, dans le régime, le pain est l'aliment fondamental ; aussi la consommation quotidienne n'est-elle pas au-dessous de sept livres, soit 3^k750, tandis que celle de la viande ne s'élève pas au-dessus de $0^k,362$. L'unique boisson à table est une eau d'excellente qualité, fournie par une fontaine voisine de l'habitation. L'ouvrier ne prend de vin, chez lui, qu'en de rares occasions ; depuis qu'il est allumeur, il en boit un peu plus souvent au dehors avec ses compagnons de travail ; la dépense de ce chef ne dépasse pas, tout compris, une centaine de francs par année, ce qui correspond à peu près à un demi-litre par jour. Il ne boit ni eau-de-vie ni autre spiritueux, et cette sobriété contribue certainement à maintenir sa santé en meilleur état qu'on ne l'attendrait d'une constitution un peu débile.

§ 10.

HABITATION, MOBILIER ET VÊTEMENTS.

La famille T*** occupe un appartement de deux pièces, au second étage d'une maison construite jadis pour un seul ménage de maraîchers, exhaussée plus tard et aménagée pour plusieurs locataires. Derrière elle s'étend un terrain d'environ un hectare, divisé en plusieurs potagers que séparent de simples palissades et entouré de murs peu élevés au delà desquels on aperçoit les arbres des bosquets ou jardins dépendant de diverses maisons de campagne; plus loin encore commence la grande forêt de Haie. Cette situation ne laisserait rien à désirer comme salubrité si la maison ne contenait un peu trop d'habitants. Sur le même palier que le ménage T*** résident trois autres familles, chacune avec plusieurs enfants; à l'étage au-dessous, il y a de même quatre ménages. Tous ces locataires disposent chacun d'un grenier sous les tuiles, et d'un cellier au rez-de-chaussée. Ils ont, en commun, la jouissance d'un local avec pompe pour les lessivages, et d'une cour où sont les cabinets d'aisances; disposition moins commode, mais plus saine que celle qui est adoptée dans la plupart des appartements bourgeois. Les deux pièces de l'appartement T*** prennent jour au midi, sur les jardins, par des fenêtres de dimensions convenables; la première, — cuisine, atelier et chambre à coucher des deux aînés, — à 2^{m}70 de hauteur, 2^{m}80 de largeur et 5^{m}00 de longueur; la seconde, chambre à coucher des parents et des autres enfants, mesure 2^{m}60 de hauteur, 4^m de largeur et 5^{m}00 de longueur.

La famille paye pour ce logement le prix élevé de 16 francs par mois.

MEUBLES : assez médiocrement entretenus; ils ont été acquis d'occasion, à l'exception d'un lit à deux places avec baldaquin, acheté neuf lors de l'entrée en ménage, à cette époque déjà lointaine des rêves d'heureux avenir, qui n'ont pas tous été déçus puisque, si trop souvent la misère a frappé à la porte, la bonne harmonie du ménage n'a cependant jamais été troublée. . . . . 332^{f}50

1° *Lits, literies, etc.* — 1 lit double avec matelas, paillasse et rideaux, 100^{f}00; — 2 lits très vieux, l'un en bois, l'autre en fer, avec sommier, 25^{f}00; — 2 paillasses, 10^{f}00; — 2 berceaux, 12^{f}00; — 4 oreillers avec taies, 20^{f}00; — 4 couvertures en laine, 28^{f}00; — 2 édredons, 20^{f}00; — 1 voiture d'enfant, 14^{f}00. — Total, 229^{f}00.

2° *Meubles divers.* — 2 vieilles armoires, 15^{f}00 et 7^{f}00; — 1 table carrée, 4^{f}00; — 1 table ronde, 5^{f}00; — 5 chaises, 10^{f}00; — 2 réveils, 20^{f}00; — 2 montres, l'une en argent, 20^{f}00, l'autre en nickel, 12^{f}00; — 1 crucifix, 1^{f}50. — Total, 94^{f}50.

3° *Livres.* — (Reçus en cadeaux), 2 paroissiens, 4^{f}00; — 1 Vie de N.-S. Jésus-Christ, 2^{f}00; — 1 almanach (donné par la Société Saint-Vincent de Paul), 0^{f}50; — catéchisme et livres de classe, 2^{f}50. — Total, 9^{f}00.

USTENSILES. . . . . 57^{f}00.

1° *Employés pour la préparation et la consommation des aliments.* — 2 fourneaux en fonte très usés, 14^{f}00; — 4 casseroles, 8^{f}00; — vaisselle, très ébréchée (2 broches, 1 cruche, 8 bols, 8 assiettes, 3 plats, 1 soupière), 7^{f}00; — 12 couverts et 6 couteaux, 5^{f}00; — 1 biberon, 8 verres, 25 bouteilles ou fioles, 4^{f}00; — 1 cafetière, 1^{f}00; — 1 poêle à frire, 0^{f}50; — 1 rouleau à pâtisserie, 0^{f}25; — 1 râpe, 0^{f}25; — 1 boîte à épices, 0^{f}25; — 1 panier à salade, 0^{f}50; — 1 trépied, 0^{f}50; — 1 caisse à légumes, 0^{f}25. — Total, 41^{f}50.

2° *Employés pour l'éclairage.* — 2 lampes à pétrole, 7ᶠ00.

3° *Employés aux soins de propreté.* — 1 petite glace, 2ᶠ00 ; — rasoir et peignes, 4ᶠ00 ; — 3 brosses (habits et souliers), 1ᶠ50 ; — 1 cuvette, 0ᶠ50 ; — 1 balai, 0ᶠ25 ; — 1 caisse à ordures, 0ᶠ25. — Total, 8ᶠ50.

LINGE DE MÉNAGE. 122ᶠ00

5 paires de draps de lit (récemment achetés à crédit et trop cher), 90ᶠ00 ; — 4 paires de petits draps de lit, 16ᶠ00 ; — 1 nappe, 5ᶠ00 ; — 6 serviettes ou torchons, 8ᶠ00 ; — 1 paire de rideaux de fenêtre, 3ᶠ00. — Total, 122ᶠ00.

VÊTEMENTS. 273ᶠ00

Vêtements de l'ouvrier. — 1 jaquette, 15ᶠ00 ; — 1 pantalon, 10ᶠ00 ; — 1 gilet, 3ᶠ00 ; — 1 cravate 1ᶠ00 ; — 1 chapeau, 3ᶠ00 ; — 1 veston (hiver), 5ᶠ00 ; — 1 veston (été), 3ᶠ00 ; — 1 pantalon, 6ᶠ00 ; — 1 gilet 1ᶠ00 ; — 1 cravate, 0ᶠ50 ; — 1 caban, 20ᶠ00 ; — 1 casquette d'uniforme, 2ᶠ50 ; — 2 paires de chaussures, 20ᶠ00 ; — 8 chemises (très usées), 10ᶠ00 ; — 2 gilets de flanelle, 6ᶠ00. — Total, 106ᶠ00.

Vêtements de la femme. — 1 robe, 25ᶠ00 ; — 1 manteau, 14ᶠ00 ; — 1 chapeau, 6ᶠ00 — 1 châle en laine tricotée, 4ᶠ00 ; — 1 paire de bottines, 10ᶠ00 ; — 2 robes, 3 jupons, 2 camisoles, 1 paire de chaussures ; le tout presque sans valeur par l'extrême usure, 12ᶠ00 ; — 7 chemises (en fort mauvais état), 9ᶠ00. — Total, 80ᶠ00.

Vêtements des enfants. — Chacun des deux garçons possède un complet à peu près neuf, celui de l'aîné acheté en confection (trop cher, mais à crédit), 25ᶠ00 ; — l'autre fait par la mère, 15ᶠ00 ; — 1 paire de bottines (en assez bon état), plus une fort usée pour chacun, 8ᶠ00 ; — vêtements des autres enfants (de valeur très minime), 12ᶠ00 ; — 7 chemises pour garçonnets, 7ᶠ00 ; — 5 chemises de fillettes, 5ᶠ00. — Total, 72ᶠ00.

Vêtements divers. — 4 paires de chaussettes, 14 paires de bas, layette (en fort mauvais état), 15ᶠ00.

VALEUR TOTALE du mobilier et des vêtements. . . . . 784ᶠ50.

§ 11.

RÉCRÉATIONS.

Quand on suffit à peine aux nécessités de la vie, par un travail assidu, et qu'on est presque constamment préoccupé d'un déficit à combler, on n'a guère le loisir ni les moyens de prendre beaucoup de récréations ; aussi sont-elles rares dans la famille T***. Les goûts mêmes de l'ouvrier se sont modifiés avec sa situation. Quelque peu dissipé et dépensier, dans sa jeunesse, avant son mariage, il est devenu sérieux et plus économe depuis qu'il a charge d'enfants. Il ne joue ni aux cartes, ni aux boules, ni à aucun autre jeu, ne fume presque jamais, ne va pas au théâtre et on ne peut dire qu'il soit adonné à la boisson, bien qu'il tienne à ne pas se soustraire aux usages de camaraderie.

Pour se distraire, il lit, dans ses moments de repos, le journal « La Croix de Lorraine », auquel il s'est abonné, pour 10 francs par an, et parcourt aussi les feuilles anecdotiques, dites « Petites Lectures », distribuées gratuitement par la Société Saint-Vincent de Paul. Mais le jardinage est encore la distraction préférée de Joseph T***, qui s'enorgueillit d'obtenir des légumes aussi beaux, au moins, que ceux des maraîchers. La femme, quoique d'un caractère plus gai que le mari, prend encore moins de récréations que lui. Elle voisine même fort peu dans la maison, et ne sort guère que par nécessité, préférant envoyer ses enfants en commission chez les fournisseurs, quand c'est possible. Ces goûts de retraite viennent-ils du manque de toilette ou, au contraire, préfère-t-elle rester au logis afin de ne pas quitter un négligé, — par trop négligé, — dans lequel elle semble se complaire ? On ne sait ; toujours est-il que, sauf pour des courses obligées, les époux T***, sans que cette réclusion paraisse leur déplaire, ne sortent guère de la maison ou du jardin contigu. Ils n'ont, au dehors, qu'une seule relation amicale, quelque peu intime, c'est leur frère et beau-frère marié à Nancy ; ils rendent, de temps à autre, le dimanche, visite à ce jeune ménage, et alors, comme toutes les fois qu'elle doit accompagner son mari, la femme T*** apporte plus de soin à sa toilette et s'arrange pour avoir la mise d'une ouvrière aisée.

HISTOIRE DE LA FAMILLE.

§ 12.

PHASES PRINCIPALES DE L'EXISTENCE.

Ayant perdu ses parents avant d'avoir fini son apprentissage de cordonnier, Joseph T***, connu comme un jeune garçon d'excellente conduite, fut, par suite des relations de sa famille, recueilli dans un orphelinat où, tout en participant à la culture des champs, il continua de travailler à la chaussure. Il passa environ trois années dans l'établissement. Cette éducation complémentaire servit à affermir en lui les principes religieux puisés au foyer paternel, en même temps qu'elle lui inspira le goût des occupations agricoles et probablement aussi lui donna les habitudes réservées et casanières auxquelles il est revenu maintenant, après les avoir d'abord quelque peu abandonnées. A dix-huit ans, pris du désir de courir le monde ou ne voulant pas entrer au noviciat, il quitta le couvent et, pendant deux années, parcourut l'Alsace et la Suisse, s'arrêtant plus ou moins longtemps, dans les diverses localités, selon sa fantaisie ou suivant qu'il trouvait mieux à gagner sa vie soit comme cordonnier, soit comme aide rural. Puis, quand il eut vingt ans, le souvenir de la bataille de Frœschviller, dont il avait été témoin oculaire, ayant plutôt avivé que diminué son patriotisme d'Alsacien et les penchants militaires si répandus chez ses compatriotes, il rentra en France, désireux de s'engager dans la Légion étrangère afin de concourir à la délivrance qu'il croyait plus prochaine, hélas! qu'elle ne l'était, de sa province natale. Mais la visite médicale ayant constaté chez lui l'insuffisance du développement thoracique exigé par les règlements, il dut reprendre, à Nancy, son état de cordonnier, alors très lucratif, pour les artisans d'une certaine habileté et, gagnant de bonnes journées, se laissa entraîner à quelques écarts de conduite. L'influence de son éducation première et l'honnêteté native de son caractère le préservèrent toutefois de la débauche crapuleuse; aussi, ayant rencontré, par une circonstance fortuite, Sophie B***, jeune Alsacienne fort avenante, sans être régulièrement jolie, de bonnes mœurs et d'humeur enjouée, songea-t-il immédiatement au mariage. Il fut agréé sans grand délai. La future avait dix-huit ans et ne possédait, en sus de ses hardes, que 30 francs économisés, — ce qui était la preuve de quelque sagesse, — sur ses gages; le futur, moins raisonnable, — quoique gagnant beaucoup plus, — dut emprunter 12 francs pour les frais de la cérémonie, mais il avait, outre ses effets, son petit outillage de cordonnier. Le nouveau ménage se lançait ainsi dans la vie, sans souci de l'avenir, avec le plus mince bagage. Mais quand la jeunesse chante au cœur la douce chanson de l'amour légitime, est-il plus excusable occasion d'oublier les conseils d'une froide prudence?

Il fallut longtemps avant d'éteindre, par des à-comptes successifs, la dette contractée par l'achat, à crédit, du mobilier indispensable, dès l'entrée en ménage, et les premiers enfants étaient déjà nés avant la libération complète. Puis, en même temps que les charges augmentaient, après chaque naissance, les ressources, malgré l'obtention de quelques subventions et l'essai d'industries accessoires, médiocrement rémunératrices, tendaient plutôt à décroître; les périodes de demi-chômage se multipliaient dans la fabrication, de plus en plus encombrée, des chaussures. La situation du ménage T***, malgré la frugalité du régime, la suppression de toute récréation dispendieuse et même, à certains moments, de véritables privations, resta donc presque toujours plus ou moins obérée. Elle l'est encore; cependant, la gêne tend à diminuer, depuis l'entrée de Joseph T*** dans le service du gaz qui, sans l'obliger à cesser entièrement son travail de cordonnier, lui assure une rétribution mensuelle d'une fixité et d'une régularité absolues. Grâce à cet avantage, aussi rare que précieux dans les professions manuelles, les parents peuvent espérer que si Dieu leur conserve la santé, la famille atteindra sans encombre l'époque où les enfants, hors d'apprentissage, apporteront leur contingent aux recettes, et alors la gêne sera remplacée par une aisance, juste récompense de la conduite et des efforts de tous.

§ 13.

MŒURS ET INSTITUTIONS ASSURANT LE BIEN-ÊTRE PHYSIQUE ET MORAL DE LA FAMILLE.

Les habitudes laborieuses de Joseph T***, parvenu à cumuler trois professions lucratives, l'activité de sa femme qui, vaquant aux soins d'un ménage chargé de six enfants, aide encore son mari dans la confection des chaussures et le travail du jardinage, la tempérance et la sobriété des deux époux, la régularité de leur conduite, leur indifférence pour les distractions coûteuses, enfin l'absence de tout sentiment d'envie envers les gens placés dans une situation plus aisée, sont les éléments qui contribuent le plus efficacement au bien-être physique et moral de cette honnête famille où l'appoint de fort modestes subventions suffit pour élever les ressources, dues au travail, à la hauteur des besoins, dans les circonstances normales. Toutefois, aucune réserve n'étant préparée, l'équilibre financier est rompu au moindre incident onéreux; il faut s'endetter pour y parer; puis se soumettre à de longues et pénibles privations afin d'éteindre l'arriéré. Il existe cependant, à Nancy, plusieurs sociétés de secours mutuels, ayant précisément pour objet de soustraire les ménages ouvriers aux tristes conséquences de chômages involontaires, et comme ces asso-

ciations comprennent des membres honoraires, contribuant aux recettes, sans imposer aucune dépense, ces mutualités offrent à leurs
participants de sérieux avantages (§ 18). Mais pour être admis dans une
quelconque de ces sociétés, la première condition est d'effectuer avec
régularité les versements statutaires, et T*** ne le pourrait.

Est-ce effet de l'habitude ou insouciance naturelle, cette situation
précaire préoccupe médiocrement les époux T***. Partisans de la
maxime *Carpe diem*, ils prennent le temps comme il vient, payant,
dans les jours de prospérité, l'arriéré des périodes de détresse; puis,
le déficit à peine comblé, ils se procurent parfois, même à crédit, afin
d'en jouir immédiatement, les effets ou objets quelconques dont la
privation les faisait souffrir. On s'explique, si on ne l'excuse pas
entièrement, cette imprévoyance en songeant combien serait minime
l'épargne réalisable dans les années les plus favorables. Après tout,
ne peut-on pas dire que les enfants, élevés par eux et qui apporteront
bientôt quelques ressources au foyer domestique, sont une sorte
d'épargne des époux T***? Il est vrai que les enfants, une fois établis
pour leur compte ou pris par le service militaire, ne contribueront
plus guère à l'aisance des parents; mais ceux-ci, s'ils ne sont pas trop
affaiblis, n'ayant plus à suffire qu'à eux-mêmes, pourront plus aisément que maintenant se tirer d'affaire et peut-être, l'âge arrivant,
T*** obtiendra-t-il soit un emploi moins fatigant, soit une pension
de retraite payée, après un temps déterminé de service, sur les fonds
légués par le fondateur de la Compagnie du gaz.

§ 14. — BUDGET DES RECETTES DE L'ANNÉE.

SOURCES DES RECETTES.	ÉVALUATION APPROXIMATIVE DES SOURCES DE RECETTES. VALEUR des PROPRIÉTÉS.
SECTION Iʳᵉ.	
PROPRIÉTÉS POSSÉDÉES PAR LA FAMILLE.	
ART. 1ᵉʳ. — PROPRIÉTÉS IMMOBILIÈRES.	
(La famille ne possède aucune propriété de cette nature.)...................	»
ART. 2. — VALEURS MOBILIÈRES.	
ANIMAUX DOMESTIQUES entretenus toute l'année : 1 coq, 19 poules, 4 lapins, valeur moyenne...................	50ᶠ00
MATÉRIEL SPÉCIAL des travaux et industries : Outillage de cordonnerie...................	32 00
Matériel de blanchissage et de raccommodage...................	13 60
Matériel de jardinage...................	25 00
Matériel de la basse-cour...................	100 00
ART. 3. — DROIT AUX ALLOCATIONS DE SOCIÉTÉS D'ASSURANCES MUTUELLES.	
(La famille n'est affiliée à aucune société de ce genre.)...................	»
VALEUR TOTALE des propriétés...................	221 50
SECTION II.	
SUBVENTIONS REÇUES PAR LA FAMILLE.	
ART. 1ᵉʳ. — PROPRIÉTÉS REÇUES EN USUFRUIT.	
(La famille ne reçoit aucune propriété en usufruit.)...................	»
ART. 2. — DROIT D'USAGE SUR LES PROPRIÉTÉS VOISINES.	
Droit au fumier laissé sur la voie publique	»
ART. 3. — ALLOCATIONS D'OBJETS ET DE SERVICES.	
Allocations concernant l'instruction des enfants...................	»
— — la nourriture...................	»
— — le chauffage...................	»
— — le couchage...................	»
— — les vêtements...................	»

§ 14. — BUDGET DES RECETTES DE L'ANNÉE.

RECETTES.	MONTANT DES RECETTES — Valeur des objets reçus en nature.	Recettes en argent.
SECTION Iʳᵉ.		
REVENUS DES PROPRIÉTÉS.		
ART. 1ᵉʳ. — REVENUS DES PROPRIÉTÉS IMMOBILIÈRES.		
(La famille ne jouit d'aucun revenu de ce genre.)...................	»	
ART. 2. — REVENUS DES VALEURS MOBILIÈRES.		
Intérêt (5 %) de la valeur de ces animaux...................	2ᶠ50	»
— de la valeur de ce matériel, 1ᶠ65 (pour mémoire, car on n'a pu dresser un compte détaillé pour cette industrie)..........	»	»
— de la valeur de ce matériel 0ᶠ68 (pour mémoire, on n'a pu dresser un compte détaillé pour ce travail)...........	»	»
— de la valeur de ce matériel................... (§ 16, A)	0 61	0 6x
(§ 16, B)	5 00	
ART. 3. — ALLOCATIONS DES SOCIÉTÉS D'ASSURANCES MUTUELLES.		
(La famille ne reçoit aucune allocation de ce genre.)...................	»	
TOTAUX des revenus des propriétés...................	8 11	0 61
SECTION II.		
PRODUITS DES SUBVENTIONS.		
ART. 1ᵉʳ. — PRODUITS DES PROPRIÉTÉS REÇUES EN USUFRUIT.		
(La famille ne jouit d'aucun revenu de cette nature.)...................	»	
ART. 2. — PRODUITS DES DROITS D'USAGE.		
Fumier ramassé par les enfants sur la voie publique...................	3 00	»
ART. 3. — OBJETS ET SERVICES ALLOUÉS.		
La gratuité de l'enseignement étant de droit commun, il n'est guère possible de lui attribuer une valeur déterminée.................	»	»
Bons de pain, viande, pommes de terre, légumes secs, etc., donnés par la Société Saint-Vincent de Paul et le bureau de bienfaisance..................	20 15	»
Bons de combustible donnés par les mêmes sociétés et profit de la réduction de prix accordée par la Compagnie du gaz à ses ouvriers..................	29 00	»
Bons de couvertures et de paille de couchage (même provenance).................	14 00	»
Valeur des chaussures et effets donnés (par les mêmes sociétés)..............	14 00	»
TOTAL des produits des subventions...................	80 15	

§ 14. — BUDGET DES RECETTES DE L'ANNÉE (suite).

SOURCES DES RECETTES (suite).	QUANTITÉ DE TRAVAIL EFFECTUÉ.	
	Père. Journées.	Mère. Journées.
SECTION III. **TRAVAUX EXÉCUTÉS PAR LA FAMILLE.**		
Travail principal exécuté pour la Compagnie du gaz : allumer, éteindre et nettoyer 54 réverbères, une fois par semaine faire la garde de nuit.	407 1/2	»
Travaux accessoires :		
Travaux de cordonnerie exécutés à domicile et à la pièce............	120	120
Culture du jardin et soins donnés à la basse-cour..................	36	18
Blanchissage domestique......................................	»	30
Entretien du linge et des vêtements.............................	»	90
Travaux du ménage : préparation des aliments, soins de propreté concernant la maison et le mobilier, soins donnés aux enfants......	»	72
Totaux des journées de travail des membres de la famille (1)......	533 1/2	250
SECTION IV. **INDUSTRIES ENTREPRISES PAR LA FAMILLE** (à son propre compte).		
Culture du jardin...		
Exploitation de la basse-cour................................		

(1) L'ouvrier étant occupé chaque jour comme allumeur, mais seulement une partie de la journée, et employant l'autre à des industries accessoires, les chiffres indiquent, en journées de 10 heures, la répartition du temps, par année, entre ces divers travaux. Même observation pour la femme.

§ 14. — BUDGET DES RECETTES DE L'ANNÉE (suite).

PRIX DES SALAIRES JOURNALIERS.		RECETTES (suite).	MONTANT DES RECETTES.	
Père. Fr. c.	Mère. Fr. c.		Valeur des objets reçus en nature.	Recettes en argent.
		SECTION III. **SALAIRES.**		
6 30	»	Salaire alloué par la Compagnie du gaz (y compris 5 fr. d'étrennes)..............	»	1250f 00
3 42	1 54	Salaire total attribué à ce travail.................	88f 64	500 00
2 50	2 50	—	60 00	45 36
»	2 00	—	40 00	»
»	2 00	(Aucun salaire ne peut être attribué à ces travaux.)	»	»
»	»	Totaux des salaires de la famille..............	188 64	1.795 36
		SECTION IV. **BÉNÉFICES DES INDUSTRIES.**		
		Bénéfice résultant de cette industrie..................... (§ 16, A)	0 75	16 00
		— (§ 16, B)	11 50	
		Totaux des bénéfices résultant des industries.............. (§ 16, C)	12 25	16 00

Nota. — Outre les recettes portées ci-dessus en compte, les industries donnent lieu à une recette de 85f 00 (§ 16, C), qui est appliquée de nouveau à ces mêmes industries; cette recette et les dépenses qui la balancent (§ 16, 3me V) ont été omises dans l'un et l'autre budget.

| | | Totaux des recettes de l'année (balançant les dépenses)(2.402f 19). | 200 15 | 1.815 90 |

§ 15. — BUDGET DES DÉPENSES DE L'ANNÉE.

DÉSIGNATION DES DÉPENSES.	POIDS ET PRIX DES ALIMENTS.		MONTANT DES DÉPENSES.	
	POIDS consommé.	PRIX par kilog.	Valeur des objets consommés en nature.	Dépenses en argent.
SECTION 1re.				
DÉPENSES CONCERNANT LA NOURRITURE.				
ART. 1er. — ALIMENTS CONSOMMÉS DANS LE MÉNAGE				
(par l'ouvrier, la femme et 6 enfants pendant 365 jours).				
CÉRÉALES :				
Pain..........................	1.368k 75	0f 350	13f 65	465f 40
Farine (pour la cuisine)............	12 00	0 500	»	6 00
Riz..................................	10 00	0 500	0 55	4 45
Poids total et prix moyen.............	1.390 75	0 352		
CORPS GRAS :				
Beurre..............................	1 00	2 500	»	2 50
Saindoux..........................	30 00	1 800	»	54 00
Huile d'œillette.....................	15 00	1 600	»	24 00
Poids total et prix moyen.............	46 00	1 750		
LAITAGE ET ŒUFS :				
Lait de vache.......................	547 00	0 250	»	136 75
Œufs de poule (400 pièces)..........	20 00	2 000	40 00	»
Poids total et prix moyen........	567 00	0 312		
VIANDES :				
Bœuf (2e qualité).................	75 00	1 600	3 25	116 75
Lard et porc salé....................	30 00	1 800	»	54 00
Cheval.............................	12 00	1 000	»	12 00
Poulets et lapins....................	15 00	1 600	24 00	»
Poids total et prix moyen.............	132 00	1 591		

§ 15. — BUDGET DES DÉPENSES DE L'ANNÉE (suite).

DÉSIGNATION DES DÉPENSES (suite).	POIDS ET PRIX DES ALIMENTS.		MONTANT DES DÉPENSES.	
	POIDS consommé.	PRIX par kilog.	Valeur des objets consommés en nature.	Dépenses en argent.
SECTION Ire.				
DÉPENSES CONCERNANT LA NOURRITURE (suite).				
ART. 1er. — ALIMENTS CONSOMMÉS DANS LE MÉNAGE (suite).				
LÉGUMES ET FRUITS :				
Tubercules (pommes de terre)....................	750k00	0r10	1f60	73f40
Légumes secs (pois, haricots, lentilles)...............	30 00	0 50	1 10	13 90
Légumes frais :				
Carottes, salades, etc...........................	100 00	0 40	40 00	»
Choux, etc...............................	30 00	0 25	7 50	»
Fruits (pommes, cerises, groseilles, etc.)............	5 00	0 50	2 50	»
Poids total et prix moyen......	915 00	0 153		
CONDIMENTS ET STIMULANTS :				
Sel...	18 00	0 15	»	2 70
Vinaigre.........	6 00	0 40	»	2 40
Sucre...	52 00	1 15	»	59 80
Boissons aromatiques :				
Café..................................	4 00	4 50	»	18 00
Chicorée..................................	12 00	0 60	»	7 20
Poids total et prix moyen.........	92 00	0 979		
BOISSONS FERMENTÉES :				
Vin.........	26 00	0 50	»	13 00
ART. 2. — ALIMENTS PRÉPARÉS ET CONSOMMÉS EN DEHORS DU MÉNAGE.				
Vin consommé à l'estaminet avec des camarades 130l à 0f,60.............			»	78 00
TOTAUX des dépenses concernant la nourriture...			134 15	1.144 25

§ 15. — BUDGET DES DÉPENSES DE L'ANNÉE (*suite*).

DÉSIGNATION DES DÉPENSES (*suite*).	MONTANT DES DÉPENSES	
	Valeur des objets consommés en nature.	Dépenses en argent.
SECTION II.		
DÉPENSES CONCERNANT L'HABITATION.		
LOGEMENT :		
Loyer de deux pièces avec grenier et cellier (16ᶠ00 par mois).............	»	192ᶠ00
MOBILIER :		
Entretien et renouvellement de literie, ustensiles, linge, vaisselle, etc.....	12ᶠ00	24 00
CHAUFFAGE :		
Charbon et coke.........	29 00	51 00
ÉCLAIRAGE :		
Pétrole, 100 litres à 0ᶠ,30; — allumettes, 52 boîtes à 0ᶠ10..................	»	35 20
TOTAUX des dépenses concernant l'habitation......	41 00	302 20
SECTION III.		
DÉPENSES CONCERNANT LES VÊTEMENTS.		
Vêtements de l'ouvrier................................... .... (§ 16, D)	»	100 00
— ·de la femme........... .... (§ 16, D)	»	70 00
— des enfants................................ (§ 16, D)	14 00	100 00
Blanchissage et raccommodage du linge et des vêtements (achats de savon, fil, aiguilles, etc.)...	100 00	20 00
TOTAUX des dépenses concernant les vêtements......	114 00	290 00
SECTION IV.		
DÉPENSES CONCERNANT LES BESOINS MORAUX, LES RÉCRÉATIONS ET LE SERVICE DE SANTÉ.		
CULTE :		
Donné aux quêtes à l'église..	»	2 00
INSTRUCTION DES ENFANTS :		
Fournitures d'école supplémentaires............	»	2 00
RÉCRÉATIONS :		
Abonnement au journal 10ᶠ00, divers 6ᶠ00........................	»	16 00
SERVICE DE SANTÉ :		
Achat de quelques médicaments	»	6 00
TOTAL des dépenses concernant les besoins moraux, les récréations et le service de santé...............	»	26 00

§ 15. — BUDGET DES DÉPENSES DE L'ANNÉE (*suite*).

DÉSIGNATION DES DÉPENSES (*suite*).	MONTANT DES DÉPENSES.	
	Valeur des objets consommés en nature.	Dépenses en argent.
SECTION V.		
DÉPENSES CONCERNANT LES INDUSTRIES, LES DETTES, LES IMPÔTS ET LES ASSURANCES.		
DÉPENSES CONCERNANT LES INDUSTRIES :		
NOTA. — Les dépenses concernant les industries entreprises au compte de la famille montent à (§ 16, C)................................ 241f 75.		
Elles sont remboursées par les recettes provenant des mêmes industries, savoir :		
Argent et objets employés pour les consommations du ménage et portés à ce titre dans le présent budget................ 148f 75		
Argent appliqué de nouveau aux industries (§ 14, S^on IV), comme emploi momentané du fonds de roulement, et qui ne peut conséquemment figurer parmi les dépenses du ménage (§ 16, C).................................... 93 00 } 241 75		
INTÉRÊT DES DETTES :		
(La famille n'a aucune dette portant intérêt.)...........................	»	»
IMPÔTS :		
(La famille n'est soumise à aucune imposition.).............	»	»
ASSURANCES CONCOURANT A GARANTIR LE BIEN-ÊTRE PHYSIQUE ET MORAL DE LA FAMILLE :		
(La famille ne jouit d'aucune assurance de ce genre.)....................	»	»
TOTAL des dépenses concernant les industries, les dettes, les impôts et les assurances................	»	»
ÉPARGNE DE L'ANNÉE :	»	50 55
TOTAUX DES DÉPENSES de l'année (balançant les recettes).... (2.102f 15)	289f 15	1.813f 00

§ 16.

COMPTES ANNEXÉS AUX BUDGETS.

SECTION I.

COMPTES DES BÉNÉFICES

RÉSULTANT DES INDUSTRIES ENTREPRISES PAR LA FAMILLE

(à son propre compte).

	VALEURS	
A. — EXPLOITATION DU JARDIN.	En nature.	En argent.
RECETTES.		
Légumes et fruits (choux, carottes, navets, salades, pommes, cerises etc.), en partie vendus, en partie consommés par le ménage.................	50ᶠ00	100ᶠ00
Totaux.........	50 00	100 00
DÉPENSES.		
Location du terrain.........................		43 00
Semences et menus frais...		10 00
Fumier ramassé sur la voie publique par les enfants.....................	5 00	
Travail de la famille 36 journées à 2ᶠ,50...........................	43 64	46 36
Intérêt (5 °/₀) de la valeur (25ᶠ00) du matériel de jardinage......	0 61	0 64
BÉNÉFICE résultant de l'industrie.................................	0 75	
Totaux comme ci-dessus..................	50 00	100 00
B. —- EXPLOITATION DE LA BASSE-COUR.		
RECETTES.		
Consommation dans le ménage de poules, lapins et œufs..................	64 00	
Vente au dehors de poules, lapins et œufs.............		56 00
Totaux.........................	64 00	56 00
DÉPENSES.		
Nourriture des animaux................................		40 00
Intérêt (5 °/₀) de la valeur des lapins et poules...............	2 50	
Intérêt (5 °/₀) du matériel de la basse-cour....:..	5 00	
Main-d'œuvre 18 journées à 2ᶠ,50.............................	45 00	
BÉNÉFICE résultant de l'industrie........................	11 50	16 00
Totaux comme ci-dessus..................	64 00	56 00

C. — Résumé des comptes des bénéfices résultant des industries (A et B).

	VALEURS	
	En nature.	En argent.
RECETTES TOTALES.		
Produits employés pour la nourriture de la famille (§ 13, Sᵒⁿ 1)............	114ᶠ00	
Recettes en argent appliquées aux dépenses de la famille.................		63ᶠ00
Produits en argent à employer de nouveau pour les industries elles-mêmes.		93 00
Totaux des recettes.............................	114 00	156 00
DÉPENSES TOTALES.		
Intérêt des propriétés possédées par la famille et employées par elle aux industries...	8 11	0 64
Produits de subventions reçues par la famille et appliquées par elle aux industries...	5 00	
Salaires afférents aux travaux exécutés par la famille pour les industries...	88 64	46 36
Dépenses en argent qui devront être remboursées par des recettes provenant des industries..		93 00
Totaux des dépenses.................................	101 75	140 00
Bénéfices totaux résultant des industries (28ᶠ,25)................	12 25	16 00
Totaux comme ci-dessus......................	114 00	156 00

SECTION II.

COMPTES RELATIFS AUX SUBVENTIONS.

Ces comptes, donnant lieu à des opérations très simples, ont été établis dans le budget lui-même.

SECTION III.

COMPTES DIVERS.

D. — Compte de la dépense annuelle concernant les vêtements achetés.

Art. 1ᵉʳ. — Vêtements de l'ouvrier.

	Prix d'achat.	Durée.	Dépense annuelle.
1 jaquette noire..................................	30ᶠ00	2 ans.	15ᶠ00
1 veston (hiver).................................	15 00	3	5 00
1 veston (été)..................................	6 00	2	3 00
1 pantalon (été)................................	5 00	1	5 00
1 — (hiver)................................	9 00	1	9 00
2 gilets.......................................	6 00	2	3 00
2 cravates.....................................	3 00	2	1 50
1 caban.......................................	18 00	2	9 00
1 casquette d'uniforme.	2 50	1	2 50
1 chapeau.....................................	6 00	2	3 00
2 paires de chaussures........................	12 00	1/2	24 00
Chemises, chaussettes, flanelles, mouchoirs, etc........			20 00
Totaux.............................	112 50		100 00
Art. 2. — Vêtements de la femme.			
1 robe..	30 00	3	10 00
2 robes de travail.............................	30 00	2	15 00
1 manteau.....................................	15 00	3	5 00
3 jupons......................................	9 00	3	3 00
2 camisoles...................................	4 00	2	2 00
1 paire de bottines............................	10 00	2	5 00
2 paires de souliers...........................	8 00	1	8 00
1 chapeau.....................................	8 00	4	2 00
Chemises, bas, tabliers, mouchoirs, sabots, etc.........			20 00
Totaux.............................	114 00		70 00

Art. 3. — Vêtements des enfants.

Il n'a pas été possible de donner à ce sujet d'autres renseignements que ceux consignés au § 10. Ces vêtements sont de provenance variée (cadeau, travail de la femme, achat).

ÉLÉMENTS DIVERS DE LA CONSTITUTION SOCIALE.

FAITS IMPORTANTS D'ORGANISATION SOCIALE;
PARTICULARITÉS REMARQUABLES;
APPRÉCIATIONS GÉNÉRALES; CONCLUSIONS.

§ 17.

DE LA FIXITÉ DES SALAIRES ET DE L'APPOINT DES SUBVENTIONS DANS LES BUDGETS OUVRIERS.

Sans conclure, plus qu'il ne convient, du particulier au général, on peut pourtant trouver, dans ce qui précède, certaines indications dont la portée est loin d'être restreinte à la famille étudiée et qu'il n'est peut-être pas inutile de faire ressortir comme conclusion de la présente monographie.

Cordonnier de son état, non sans habileté professionnelle, travaillant à domicile aidé de sa femme et employé dans une très grande maison où se font moins sentir qu'ailleurs les alternatives d'activité ou de ralentissement dans la fabrication, T*** s'est néanmoins fort applaudi de devenir allumeur au gaz, malgré les obligations assez gênantes du service (courses rapides, ponctualité minutieuse, gardes nocturnes, etc.), non pas tant pour l'augmentation du salaire que pour sa fixité. Loin de lui être particulière, cette façon de voir est commune à la majorité des ouvriers, qui ont, en cela, un plus juste sentiment de leurs vrais intérêts qu'à beaucoup d'autres égards. Ils savent bien qu'avec une rétribution variable, ils ne se refuseront pas, durant les périodes prospères, tout au moins une amélioration de régime, légitimée par le surcroît de fatigues, ni même quelques achats utiles, quoique non indispensables, en sorte que, la morte-saison revenue, n'ayant pas d'épargnes, ils seront réduits à des privations rendues plus sensibles par le confort dont ils jouissaient auparavant. Avec le salaire fixe, au contraire, ils ne sont exposés ni à ces tentations ni à ces regrets; aussi n'est-ce pas sans raison qu'on a rangé, parmi les obligations du patronage éclairé et bienveillant, le soin d'éviter, autant qu'il se peut, les variations dans la main-d'œuvre (1).

Mais si, en recherchant un salaire fixe, Joseph T*** n'a fait que suivre la tendance générale, c'est une initiative entièrement personnelle qui l'a conduit à entreprendre l'exploitation d'un jardin et d'une basse-cour. L'alliance des travaux agricoles et industriels, si recommandée par les maîtres de la science sociale (2), est jusqu'ici peu pratiquée par les ouvriers, même dans les localités qui s'y prêtent le mieux. Plus que jamais cependant elle devient utile, alors que les progrès incessants de la mécanique, raccourcissant de plus en plus, dans presque toutes les industries, le temps nécessaire à l'exécution des produits, tendent, pour une production égale, à réduire le nombre des heures employées et à introduire ainsi peu à peu, sans secousse ni contrainte et en tenant compte des exigences propres à chaque spécialité, une réforme analogue à celle que les sectateurs des trois 8 prétendent imposer violemment à tous, sans transition et avec une impraticable uniformité. La diminution des heures de travail ne saurait d'ailleurs être un progrès de bon aloi que pour les ouvriers qui, au lieu de donner au cabaret le temps enlevé à l'usine, l'emploieront pour développer la vie familiale, prendre un exercice salutaire ou se créer quelques ressources accessoires. Ces trois conditions seraient simultanément remplies par l'exploitation d'un potager avec concours de la femme et des enfants; rien par conséquent ne serait plus à favoriser que la propagation de cette coutume que des patrons généreux et bien inspirés pourraient contribuer à répandre en mettant avec un

(1) En analysant dans l'*Organisation du travail* (§§ 19 à 25) « la coutume des ateliers », F. Le Play a signalé comme la première des pratiques essentielles la permanence des engagements (V. aussi le rapport du Jury international de 1867 sur le Nouvel Ordre de récompenses, p. 26). M. Cheysson, dans un rapport spécial sur ce sujet, présenté à la Société d'Économie sociale le 27 fév. 1876 (*Bulletin*, t. V, p. 167), fait voir que la permanence des engagements comprend et résume en quelque sorte les autres pratiques : elle est à la fois la condition nécessaire et le symptôme manifeste de l'harmonie entre patrons et ouvriers. Plus récemment M. Aynard, présidant le Congrès annuel d'Économie sociale, montrait, avec la haute autorité de l'expérience, que le plus grand mal de la vie ouvrière est le chômage et que, par suite, le plus impérieux devoir du patronage, c'est de chercher à maintenir coûte que coûte la fixité du travail, obligation parfois très onéreuse, mais plus importante que la création des institutions économiques même les mieux conçues. (*Réforme sociale*, 1er juillet 1894, p. 31.)

(2) Le Play, *L'Organisation du travail*, § 22. — *Rapport du Jury international* de 1867, p. 23, 26 et 180.

loyer réduit, sinon même gratuit, à la disposition de leur personnel des terrains cultivables.

La monographie de cette famille laborieuse et frugale qui, malgré de louables efforts, ne saurait, en raison des charges imposées par les enfants, équilibrer ses dépenses et ses recettes, avec les seules ressources du travail, ne met-elle pas surtout en évidence la nécessité, maintes fois démontrée par l'École de la Paix sociale, de compléter, à l'aide de subventions, variables avec les besoins familiaux, le salaire strict, fixé par la loi économique de l'offre et de la demande, et forcément mesuré, comme élément du prix de revient, sur la quantité et la qualité des produits industriels? Calculées avec une sage prudence, de manière à pouvoir être imputées sur les frais généraux, sans les rendre excessifs, et réparties dans un esprit de bienveillante équité, ces allocations qui diminueraient, à la vérité, le profit net, ne seraient pas toutefois un sacrifice dénué de toute compensation pour les patrons, car, tarissant la source de légitimes griefs, elles contribueraient à ramener, dans les ateliers, une concorde utile à leur prospérité. Elles constitueraient d'ailleurs un mode de participation aux bénéfices qui, plus réellement avantageux que tout autre aux ouvriers, ne susciterait pas les difficultés d'application des autres systèmes et ne soulèverait pas les objections de principe, très fondées, qu'on leur adresse.

§ 18.

COMMENT SONT SUPPLÉÉES LES INSTITUTIONS PATRONALES, DANS LA LOCALITÉ OU RÉSIDE LA FAMILLE OBSERVÉE.

Ce n'est pas à dire pourtant que les institutions patronales qui jadis, dans l'ancienne organisation industrielle, naissaient en quelque sorte spontanément du contact intime entre un patron, protégé par les règlements contre les excès de la concurrence, et des ouvriers, peu nombreux, engagés à long terme, puissent maintenant s'établir sans frais ni peines. Elles rencontrent au contraire, actuellement, on doit en convenir, dans l'état de l'industrie, d'assez sérieux obstacles pour expliquer leur absence, notamment à Nancy où elles étaient rendues moins nécessaires qu'en beaucoup d'autres endroits par l'existence d'œuvres propres à suppléer aux défaillements du patronat. Ainsi, on a eu, au cours de la présente monographie, à mentionner les subventions diverses accordées à la famille T***, comme à toutes celles qui se trouvent dans une situation analogue, par le bureau de bienfaisance et la Société Saint-Vincent de Paul. Mais, le ménage T*** n'y recourant pas, on n'a eu à parler ni des crèches ou des écoles maternelles, pour enfants au-dessous de sept ans, dont les mères sont occupées au dehors, durant la journée, ni des nombreux orphelinats, municipaux ou privés, ouverts, pour l'un ou l'autre sexe. A ce propos, peut-être convient-il de signaler particulièrement deux établissements dont l'objet spécial est de réagir contre une des plus funestes tendances de notre époque, la désertion des campagnes. Ce sont les orphelinats *agricoles* de Haroué, pour les filles, fondé depuis quelques années et très prospère, et de Lupcourt, pour les garçons, tout récemment créé, sous le patronage et, en grande partie, par les libéralités d'un évêque très préoccupé de concourir à la solution chrétienne des questions sociales. En outre, pour les adolescents qui ne peuvent apprendre un métier en restant chez leurs parents ou tuteurs, on a, depuis 1846, la *Maison des Apprentis* où, soit gratuitement, soit pour une modique pension ou demi-pension (400 fr. ou 200 fr.), des jeunes gens au-dessus de treize ans sont entretenus, reçoivent l'instruction professionnelle, suivant l'état choisi par eux, et complètent, dans des cours du soir, leur instruction théorique. Quoique fondé par un prêtre et n'ayant jamais cessé d'être sous la direction d'un ecclésiastique, assisté de religieuses, cet établissement n'est pas exclusivement catholique, et si un élève d'un autre culte venait à être admis, les statuts lui garantissent les moyens de suivre les observances de la religion paternelle ; mais le fait a peu de chances de se produire.

La ville ayant eu longtemps une étendue très vaste, relativement au nombre des habitants, la question du logement des ouvriers n'y présentait pas les difficultés qu'elle rencontre en beaucoup de centres manufacturiers. Mais la crue soudaine de la population changea subitement la situation, vers la fin de 1871, et provoqua une crise assez intense pour embarrasser même les ménages aisés. Afin d'atténuer les conséquences de cette perturbation imprévue, une société anonyme, l'*Immobilière nancéienne*, fut aussitôt constituée, en dehors de toute pensée de spéculation et avec une administration absolument gratuite. Elle fit bâtir, en différents quartiers excentriques, où les terrains étaient à prix moins élevés qu'ailleurs, cinq groupes de maisons en pierres, de divers modèles, coûtant de quatre à huit mille francs l'une, qui furent ensuite louées, à 5 % de leur prix de revient ou vendues sans bénéfices, par à-comptes assez espacés pour rendre l'achat aisément accessible à des contre-maîtres, des employés ou des artisans aisés. Pour les familles ouvrières ayant moins de ressources, l'*Immobilière* éleva plusieurs cités, composées de maisons en bois, contenant chacune un ou, au plus, deux logements de deux pièces, d'assez bonnes dimensions, avec cave, grenier, et jardinet ou cour. Sans empêcher entièrement le renchérissement des loyers, inévitable conséquence de la situation générale ainsi que de la hausse survenue, tant dans le prix des terrains que dans le coût des constructions et aménagements, la Société a sensiblement contribué à modérer une surélévation, qui, d'abord, avait été excessive, et, en même temps, à améliorer quelque peu la condition commune des habitations ouvrières (1).

. Enfin, parmi les institutions les plus utiles de Nancy, il faut encore compter les nombreuses sociétés de secours mutuels dont l'objet principal est d'assurer aux sociétaires, durant leurs maladies, moyennant une cotisation mensuelle fixe (d'environ 1 fr. 25), une indemnité journalière pour le temps de chômage (1 franc d'ordinaire, durant le premier mois d'indisponibilité) avec le traitement médical et pharmaceutique, en des conditions plus larges que celles que fait le bureau de bienfaisance. Ces Mutualités se chargent aussi des frais funéraires. Plusieurs d'entre elles promettent même des pensions viagères pour la vieillesse. Ce dernier engagement surtout ne pourrait guère être tenu qu'avec une augmentation considérable des cotisations mensuelles, sans les versements faits à la caisse sociale par des membres honoraires qui accroissent les recettes et n'imposent aucune dépense. Le bon sens lorrain a toujours fait immédiatement justice des objections haineuses, présentées quelquefois ailleurs, contre l'introduction, dans les Mutualités ouvrières, de membres n'exerçant aucun métier manuel. Loin de repousser ce bienveillant concours, les associations nancéiennes le recherchent avec empressement autant pour son utilité administrative que pour ses avantages financiers ; les membres honoraires apportant, dans la gestion des intérêts sociaux, avec un dévouement égal à celui des participants, une expérience supérieure des affaires. Les relations assidues et cordiales qui naissent ainsi, entre les deux éléments, au sein des sociétés de secours mutuels, faisant disparaître les préjugés, entretenus par l'isolement, servent,

---

(1) V. pour plus de détails l'Enquête sur la condition des petits logements dans la ville de Nancy, par M. Chassignet (*Réforme sociale*, mars et avril 1889).

avec une incomparable efficacité, la grande cause de la paix sociale.

Les deux plus anciennes Mutualités de Nancy sont la *Prévoyance*, fondée en 1852, et la *Société des Familles* qui date de 1853. Sauf de menus détails, leur unique différence statutaire, c'est que la seconde, comme l'indique son nom, cherche à se recruter surtout par groupes familiaux. A cet effet, malgré les charges ainsi assumées, elle admet, jusqu'à l'âge de dix-huit ans, les enfants des sociétaires pour une minime cotisation mensuelle de 0 fr. 25, qui même ne dépasse jamais, en tout, 0 fr. 75 par ménage, quel que soit le nombre des enfants. Chacune de ces sociétés possède, pour pensions de retraite aux participants et pour secours aux veuves ou aux orphelins, un fonds spécial, alimenté par les cotisations, dons ou legs des membres honoraires, par la subvention annuelle fixe de la ville, par les allocations variables de l'État et enfin par les revenus des fonds en dépôt. De grandes précautions ont été prises pour éviter les mécomptes, trop fréquents en cette matière. Le droit n'est ouvert qu'au sociétaire âgé d'au moins soixante ans, incapable de continuer l'exercice de son métier et ayant effectué les versements réglementaires pendant vingt années consécutives. Quant au tarif de la pension, il est réglé sur les possibilités de la caisse sociale qui, dès qu'une retraite est admise, remet à la caisse de l'État la somme nécessaire pour servir la pension; le capital réservé devant, au décès du pensionné, faire retour à la Mutualité. Au 31 décembre 1888, la Prévoyance possédait un capital de 173.582 francs avec un personnel de 204 membres honoraires, et 902 participants, dont 316 hommes, 303 femmes mariées, 102 femmes célibataires et 181 enfants. A la même date, la Société des Familles avait 199 membres honoraires et 707 membres participants des deux sexes, enfants compris. Son capital, alors de 109.825 fr., était monté, au 31 décembre 1893, à 171.198 francs, dont 113.652 francs pour les retraites.

Les circonstances firent surgir, au commencement de 1873, la *Société d'Alsace-Lorraine*, dont le premier noyau fut un groupe de réfugiés appartenant à la *Société amicale de Metz*, s'unissant à d'anciens membres d'associations alsaciennes, « leurs frères en infortune », disait le président, lors du premier anniversaire de la Société. Puis bientôt, dans une pensée de généreuse et touchante solidarité, l'*Alsace-Lorraine* ouvrit ses rangs au large, sans noviciat, sans conditions d'âge ou de position, sans visite médicale, sans cotisation complémentaire, à tous les annexés, d'honorabilité reconnue, en résidence

46

à Nancy. Grande était l'imprudence économique, grand fut le succès. Commencée avec 287 membres honoraires, 394 participants et un humble capital de 4.199 francs, l'association possédait, six ans après, 521 honoraires, 871 participants et un capital de 43.603 francs, dans lequel figuraient, pour 7.806 francs, le fonds des retraites, 5.022 francs celui du veuvage, et 424 francs celui des secours aux vieillards et infirmes non pensionnés. Moins de dix ans plus tard, en 1888, l'actif social atteignait déjà 127.268 francs. Le travail du temps rapproche peu à peu l'*Alsace-Lorraine,* dont les statuts ont été modifiés, quant aux admissions, des associations similaires; mais les années peuvent se succéder, elles ne lui enlèveront ni son caractère originel ni le nom, signe d'inoubliable souvenir et d'invincible espérance, qui lui a valu tant de sympathies, attestées par un nombre de membres honoraires supérieur à celui de la *Prévoyance* et des *Familles réunies.*

Des affinités religieuses donnèrent naissance, en 1854, à la *Société Saint-François Xavier,* dont les membres, tous catholiques, s'engagent à observer le repos dominical et à assister, le dimanche, à la messe dite dans la chapelle de la confrérie. Cette mutualité ne cherche pas, comme les précédentes, à constituer des pensions de retraite, mais à provoquer les habitudes d'épargne individuelle, permettant à chacun d'économiser, pour sa vieillesse, un petit capital. A cet effet, elle a formé une caisse spéciale, *la Caisse d'Économie et de Crédit,* recevant les dépôts des sociétaires, depuis 1 franc jusqu'à 300 francs, et payant l'intérêt de ces sommes, au taux de 5 pour cent, grâce aux libéralités des membres honoraires. C'est à la même source qu'elle puise le fonds de roulement d'une autre institution spéciale, la *Caisse du prêt d'honneur,* qui prête aux sociétaires, sans intérêts et sur la seule garantie de leur parole, jusqu'à concurrence de 100 francs, les sommes dont ils ont besoin, en quelque moment de détresse, après toutefois que le Comité a trouvé valables les motifs de l'emprunt. Dans cette Société, comme dans celle des *Familles,* les enfants sont de droit membres de la Mutualité, de leur naissance à l'âge de dix-huit ans, et les parents versent, pour chacun d'eux, une cotisation mensuelle de 0 fr. 25. Leur conduite et les progrès de leur éducation religieuse ainsi que de leur instruction primaire sont attentivement surveillés par le Comité, qui décerne des récompenses aux plus dignes. A la fin de 1888, la *Société de Saint-François Xavier* comptait 882 membres participants dont 262 hommes, 206 femmes agrégées, 129 veuves ou femmes non mariées et 285 enfants. Elle avait par conséquent,

parmi ses membres participants, plus de femmes et d'enfants que
d'ouvriers, situation qui serait financièrement défavorable sans la
présence d'un nombre suffisant de membres honoraires.

Diverses autres mutualités, — la plupart professionnelles, telles que
celles de Saint-Crépin, pour les cordonniers, des ouvriers employés aux
Tabacs, etc., — existent encore à Nancy, comme assurance contre les
risques du chômage causé par la maladie. Mais il en est une qui, tout
en ayant ce même objet, se distingue de toutes les autres par la com-
position de son personnel et qui, à quelques égards, se rapprocherait
de la *Société de Saint-François Xavier* : c'est la *Persévérance*, association d'ouvrières non mariées, âgées, lors de l'admission, de 15 à 35 ans,
et quittant la Société quand elles se marient. Elle est constituée sous la
direction de dames patronnesses, en vue, disent les statuts. « 1°... d'aider
les membres à persévérer dans les devoirs de la vie chrétienne ; 2° de
les aider, en cas de maladie, en leur procurant des soins médicaux,
des remèdes et une indemnité journalière de 1ʳ00 ». La caisse qui sub-
vient à ces dépenses, alimentée par les cotisations mensuelles (1ʳ25)
des participantes et par les dons ou souscriptions des dames patronnesses et des membres honoraires, est en état de suffire à ses charges.
Quant aux résultats moraux, ils sont des meilleurs ; plusieurs fois
même des associées de la *Persévérance* ont reçu l'un des prix de vertu,
pour dévouement filial, décernés par l'Académie de Stanislas.

En résumé, en sus du salaire, les familles ouvrières reçoivent de
nombreuses subventions, aussi considérables au moins, selon toute
probabilité, que celles qui leur adviendraient par des institutions patronales, dotées comme le permettrait la situation, dans presque toutes
les manufactures de la localité, qui sont évidemment loin de pouvoir dis-
poser, à cet égard, de ressources équivalentes à celles des grandes
exploitations industrielles, telles que les mines, par exemple. L'absten-
tion des patrons est néanmoins regrettable, pour plusieurs raisons.
D'abord parce qu'elle amoindrit indirectement la somme des secours
accordés, par la bienfaisance publique ou privée, aux indigents sans ouvrage ni patrons, parmi lesquels s'il se trouve bien des fainéants, des va-
gabonds ou pis encore, il se rencontre aussi de pauvres naïfs, sans autre tort que de s'être laissé trop aisément séduire par les dehors bril-
lants des grandes agglomérations urbaines, où s'étale l'opulence et où
la misère se cache. Venus en ville pour chercher un travail mieux rétri-
bué qu'au village natal, ils n'ont pu se faire une place et végètent,
dans une misère non moins digne de pitié que d'autres plus bruyants.

Ensuite, s'il n'en coûte rien à la fierté de l'ouvrier d'accepter des subventions considérées par lui comme le légitime complément d'un salaire qui, pour être équitable, doit, en compensation d'une tâche consciencieusement remplie, suffire à l'entretien de lui et des siens, son amour-propre est, au contraire, presque toujours froissé, malgré tous les ménagements, de recevoir des dons n'ayant aucun caractère rémunératoire. Il n'est pas impossible qu'il soit reconnaissant envers qui lui apporte cette aide; mais, dans sa pensée, formulée ou non, la nécessité de ces secours extérieurs est la preuve que, dans le partage des bénéfices industriels, la « main-d'œuvre » est victime d'une criante injustice.

Enfin, en attachant l'ouvrier à l'usine et solidarisant plus ostensiblement leurs intérêts respectifs, les institutions patronales ne sont-elles pas un remède plus efficace que les secours étrangers contre les habitudes d'instabilité dans l'atelier et d'hostilité contre le capital, maladies aiguës d'une époque où, au milieu d'incontestables progrès matériels, mais dans le mépris de la loi divine et l'oubli des saines traditions, le désordre est partout et partout la discorde?

TABLE ALPHABÉTIQUE
ET ANALYTIQUE

DES MATIÈRES CONTENUES DANS LE PRÉSENT TOME,

AVEC

INDEX EXPLICATIF DES MOTS

EMPLOYÉS DANS UN SENS PROPRE A L'ÉCONOMIE SOCIALE.

REMARQUES PRÉLIMINAIRES.

1° Le nombre placé, sans autre indication, à la suite de l'énoncé d'un sujet, désigne la page à laquelle on renvoie le lecteur.

2° Le nombre précédé de l'indication n° désigne le numéro sous lequel paraît, dans le présent livre, la Monographie de famille à laquelle le lecteur devra se reporter ; si le nombre est suivi du mot *bis*, il s'agit seulement d'un Précis de Monographie annexé à une précédente.

3° La lettre *m*, suivie de l'indication § (entre parenthèses) d'un ou plusieurs paragraphes, avertit le lecteur que le sujet énoncé dans la table a sa place marquée dans l'une ou plusieurs des subdivisions du cadre commun à toutes les Monographies, et lui apprend à quel paragraphe le sujet est méthodiquement abordé dans chaque Monographie ou Précis de Monographie.

4° La mention (Déf.) rappelle que le mot a été défini dans l'Index du Tome II de la 2° série.

A

ABSENTÉISME DES PROPRIÉTAIRES. (Déf.)

ABUS DE LA PUISSANCE. (Déf.) — Inconvénients moraux pour la ville d'Angoulême, de sa forte garnison, 276.

ABUS DE LA RICHESSE. (Déf.)

ABUS DES CULTURES INTELLECTUELLES. (Déf.) — Exemple chez les ouvriers parisiens, 58, 71.

ACCOUCHEMENTS (SERVICE DES). — A l'usine de Guise, société d'assurances, 43. — A Nancy, secours donnés par les Dames de charité et les Sœurs, 484.

AFFOUAGE (DROITS D'). — Dans le Haut-Forez, 420.

AGE MUR (L') ET LA VIEILLESSE. (Déf.) — Exemple des familles-souches du Haut-Forez, 456.

AGRICULTURE. (Déf.) — Monographie du métayer du Texas, 101 ; des fermiers montagnards du Haut-Forez, 397. — Production agricole du Texas, 104 ; constitution agricole basée sur le « domaine aggloméré », 106; catégories d'habitants, « ranchmen », propriétaires éleveurs; « farmers »; cultivateurs, « renters », colons partiaires; « hired hands », ou-

distribution de secours et fêtes populaires, 221, — A Bâle, nombreuses sociétés privées, Société suisse d'utilité publique, 240. — A San-Leucio, soins du médecin, de la sage-femme et remèdes assurés gratuitement par la commune, 334; institutions et maisons créées par Ferdinand Ier, abolies aujourd'hui, 349, 373. — A Saint-Genest-Malifaux, assistance organisée par les communes, châtelains, clergé, médecin subventionné, hôpital, 415. — A Nancy, bureau de Bienfaisance, Société Saint-Vincent de Paul, 481, 484; orphelinats agricoles, 507.

ASSURANCES. — Système complet de caisses d'assurances à l'usine de Guise, 41; contre les accidents, 42, 43. — Contre la maladie : à Guise, pour tous les ouvriers, 43; spéciale aux dames pour les accouchements, 43; fonds de pharmacie, 44; chez l'ébéniste parisien, 72; le savetier de Bâle, par une société politique, 240; les ouvriers bâlois, 259; l'employé d'Angoulême, 290. — Contre l'incendie : chez l'ébéniste parisien, 72; les ouvriers bâlois, 249; le fermier du Forez, 439. — Contre l'infirmité et la vieillesse : à Guise, retraite pour les anciens travailleurs, 42; à la Cte du Gaz de Nancy, 492. — Sur la vie : chez quelques ouvriers de Bâle, 249; de San-Leucio, 391.

ASSURANCE MUTUELLE (Sociétés d'). — Dépenses qui les concernent, m (§ 15, S^{on} V) : n° 73, 27, n° 74; 81; n° 77, 248; n° 78, 299; n° 80, 443. (V. SOCIÉTÉS.)

ATELIER DE TRAVAIL. (Déf.) — m (§§ 1, 8), n° 73, 2, 10; n° 74, 53, 63; n° 75, 101, 124; n° 76, 173, 185; n° 77, 225, 232; n° 78, 273, 280; n° 79, 325, 338; n° 80, 397, 421; n° 81, 477, 485.

AUMÔNES faites par les familles d'ouvriers, m (§ 15, S^{on} IV) : n° 73, 27; n° 74, 80; n° 75, 146; n° 76, 202, n° 78, 298; n° 79, 358; n° 80, 443.

AUTORITÉ PATERNELLE. (Déf.) — Subsiste chez l'ébéniste de Paris, 59. — Entière chez le fermier du Texas, 114. — Con-

servée chez l'employé de la Papeterie d'Angoulême, 277. — Entière chez les paysans du Haut-Forez, 412; maintenue par la constitution de la famille-souche, 456; respect des ancêtres, 456.

AUTORITÉS SOCIALES. (Déf.) — Exemples à Guise, 30; Angoulême, 302; Saint-Genest-Malifaux, 402, 410.

B

BALE. — Habitée par la famille du Savetier, monographie, n° 77. — Population et impôts, 226; les logements ouvriers, 235, 255; étude comparée de dix familles ouvrières, 254 : habitations ouvrières insuffisantes et malsaines 255, état sanitaire défectueux, 257; imprévoyance générale, 258; bonne moralité, 259; recettes, 261; gain et durée du travail, 262; dépenses 267; taux des denrées alimentaires, 268; misère et indigence d'une partie de la population, 271.

BANQUES. — Au Texas, reçoivent dépôts sans intérêts; avances au taux de 12 %, 111.

BAPTÊME. — Négligé pour un de ses enfants par l'ébéniste parisien, 58. — Cérémonies de l'Église baptiste, 113. — Les noms de baptême dans le Haut-Forez, 409.

BÉNÉFICE DES INDUSTRIES entreprises à son propre compte par chaque famille décrite m (§§ 14, S^{on} IV, 16, S^{on} I) : n° 73, 23, 28, 29; n° 74, 77, 82, 83; n° 75, 143, 148 à 153; n° 76, 199, 204, 205; n° 77, 245, 249; n° 78, 295, 300, 301; n° 79, 355, 362; n° 80, 439, 448; n° 81, 497, 503.

BESOINS MORAUX (DÉPENSES CONCERNANT LES), chez les ouvriers décrits dans le présent volume, m (§ 15, S^{on} IV) : n° 73, 26; n° 74, 80; n° 75, 146; n° 76, 202; n° 77, 248; n° 78, 298; n° 79, 358; n° 80, 442; n° 81, 500.

BIEN (LE). (Déf.) — (Voyez LOI MORALE.)

BIEN-ÊTRE (Mœurs et institutions assurant le) des familles d'ouvriers décrites dans le présent volume, m (§ 13) : n° 73, 18; n° 74, 71; n° 75, 136 ; n° 76, 195 ; n° 77, 240 ; n° 78, 290 ; n° 79, 348; n° 80, 434 ; n° 81, 492.

BIJOUX possédés par les familles d'ouvriers décrites dans le présent volume, m (§ 10) : n° 73, 15 ; n° 74, 68; n° 76, 191 ; n° 77, 238 ; n° 79, 343 ; n° 80, 429.

BLANCHISSAGE DU LINGE ET DES VÊTEMENTS. — N° 73, 12, 22, 28; n° 74, 80, 84; n° 75, 126, 150; n° 76, 187, 205; n° 77, 233 ; n° 78, 282, 292, 300 ; n° 79, 339, 354, 360 ; n° 81, 483, 486, 494.

BLÉ. (Déf.) — (VOIR CÉRÉALES.)

BOIS DE CHAUFFAGE ET COMBUSTIBLES, consommés par les familles décrites dans le présent volume, m (§ 15, S^{on} II) : n° 73, 26; n° 74, 80; n° 75, 144; n° 76, 201 ; n° 77, 246 ; n° 78, 298 ; n° 79, 358 ; n° 80, 442; n° 81, 500.

BOISSONS FERMENTÉES, consommées par les familles d'ouvriers décrites dans le présent volume, m (§§ 9, 15, S^{on} I), n° 73, 13, 25; n° 74, 65, 79 ; n° 75, 127, 144 ; n° 176, 188, 201 ; n° 77, 233, 247; n° 78, 283, 297; n° 79, 340, 357; n° 80, 425, 441 ; n° 81, 487, 499.

BONNES MOEURS. — Chez l'ébéniste parisien, maintenues malgré la perte de la foi, 59. — Générales chez les « farmers » du Texas, 115. — Exemple de l'ouvrière mouleuse de Paris, 179. — Chez le savetier de Bâle, 229; et les ouvriers bâlois, 259. — A San-Leucio, les lois établies par Ferdinand Ier, basées sur la religion et la morale, en ont assuré le maintien, 333, 368. — Dans le Haut-Forez. maintenues par l'action du clergé, des congrégations et l'exemple des châtelains, 410.

BORDIERS. (Déf.) — Dans le Haut-Forez, 404.

BUDGETS DES FAMILLES D'OUVRIERS. (Déf.) — (Voyez RECETTES, DÉPENSES.)

C

CAFÉ. — Chez l'ouvrier de Guise, 13 ; l'ébéniste de Paris, 65; le métayer du Texas, 128; la mouleuse en jouets de Paris, 188; le savetier de Bâle, 233 ; l'ouvrier d'Angoulême, 283 ; le tisseur de San-Leucio, 357; le fermier du Forez, 441; l'allumeur de réverbères de Nancy, 499.

CATHOLIQUES ROMAINS, décrits dans le présent volume. — Famille de l'ajusteur surveillant de Guise, n° 73, 1; ébénistes parisiens, n° 74, 53; ouvrière mouleuse en jouets, de Paris, n° 75, 173; ouvrier de la fabrique de papier d'Angoulême, n° 78, 273 ; tisseur de San-Leucio, n° 79, 325 ; fermier montagnard du Haut-Forez, n° 80, 397; allumeur de réverbères de Nancy, n° 81. — Conversion d'une famille d'ouvriers parisiens; efficacité de la propagande dans ce milieu, 222. — Rôle important de la religion dans les lois de Ferdinand Ier pour San-Leucio, 333. — Puissance de la foi chez les paysans du Forez, 410, 452; sectes dissidentes : la Petite-Église et le Béguinisme, 458; les manécanteries pour le recrutement du clergé, 461.

CÉRÉALES, consommées par les familles d'ouvriers décrites dans le présent volume, sous forme de farine, pain, pâtes et pâtisserie, m (§§ 9, 15, S^{on} I) : n° 73, 13, 24; n° 74, 65, 78; n° 75, 127, 144; n° 76, 188, 200; n° 77, 233, 246 ; n° 78, 283, 296; n° 79, 340, 356; n° 80, 424, 440; n° 81, 487, 498.

CHASSE. — Récréation favorite de l'employé de la Papeterie d'Angoulême, 286.

CHASSIGNET (M.). — Auteur de la monographie, n° 81 : l'Allumeur de réverbères de Nancy, 477.

CHEF DE MÉTIER (OUVRIER). (Déf.) — Ouvrière mouleuse de jouets parisiens, 173. — Savetier de Bâle, 225. — Fermier montagnard du Haut-Forez, 397.

CHÔMAGE. (Déf.) — Dans l'industrie du moulage en carton des jouets, à Paris,

D

E

F

G

H

I

J

volume, m (§ 14, Sᵒⁿ III) : nᵒ 73, 22 ; nᵒ 74, 76 ; nᵒ 75, 142 ; nᵒ 76, 198 ; nᵒ 77, 244 ; nᵒ 78, 294 ; nᵒ 79, 354 ; nᵒ 80, 438 ; nᵒ 81, 496.

JULIN (M. ARMAND). — Auteur d'une note annexée à la Monographie de l'Ajusteur-surveillant de Guise, 51.

L

LAITAGE ET OEUFS consommés par les familles d'ouvriers décrites dans le présent volume, m (§§ 9, 15, Sᵒⁿ 1) : nᵒ 73, 13, 24 ; nᵒ 74, 65, 78 ; nᵒ 75, 127, 144 ; nᵒ 76, 188, 200 ; nᵒ 77, 233, 246 ; nᵒ 78, 283, 296 ; nᵒ 79, 340, 356 ; nᵒ 80, 424, 440 ; nᵒ 81, 487, 498.

LANDOLT (M. CH.). — Auteur de la Monographie du Savetier de Bâle, nᵒ 77, 225.

LAROCHE-JOUBERT (M.). — Fondateur de la Papeterie coopérative d'Angoulême, remplacé à sa mort par son fils, 273, 302, 320.

LÉGUMES consommés par les familles d'ouvriers décrites dans le présent volume, m (§§ 9, 15, sect. I) : nᵒ 73, 13, 25 ; nᵒ 74, 65, 79 ; nᵒ 75, 127, 144 ; nᵒ 76, 188, 200 ; nᵒ 77, 233, 246 ; nᵒ 78, 283, 297 ; nᵒ 79, 340, 357 ; nᵒ 80, 424, 441 ; nᵒ 81, 487, 499.

LIBERTÉ (RÉGIME DE). (Déf.) — (V. VIE PRIVÉE, VIE PUBLIQUE.)

LIBERTÉ SYSTÉMATIQUE. (Déf.) — (V. VIE PRIVÉE, VIE PUBLIQUE.)

LIBERTÉ TESTAMENTAIRE. (Déf.) — Absolue au Texas, 121.

LINGE de ménage des familles décrites dans le présent volume, m (§ 10) : nᵒ 73, 14 ; nᵒ 74, 67 ; nᵒ 75, 130 ; nᵒ 76, 190 ; nᵒ 77, 238 ; nᵒ 78, 284 ; nᵒ 79, 343 ; nᵒ 80, 428 ; nᵒ 81, 489.

LIVRES. — Nᵒ 73, 14 ; nᵒ 74, 67 ; nᵒ 75, 129 ; nᵒ 76, 190 ; nᵒ 78, 284 ; nᵒ 79, 342 ; nᵒ 80, 427 ; nᵒ 81, 489.

LOCATION (RÉGIME DE). — Ouvriers se procurant leur habitation par ce régime : ajusteur de Guise, 13 ; ébéniste de Paris, 66 ; mouleuse de jouets de Paris, 189 ; savetier de Bâle, 235 ; allumeur de réverbères de Nancy, 487. — Loyer fourni gratuitement par la papeterie d'Angoulême, à plusieurs ouvriers, 279, 283.

LOGEMENTS OUVRIERS. — A Guise, les familistères, sains et hygiéniques, 3, 14, 36. — Insuffisamment aéré chez le savetier de Bâle, 235 ; en général, à Bâle, insuffisants et insalubres, 255. — Bons résultats de « l'Immobilière nancéienne », cités ouvrières, prix modérés, 507.

LOI MORALE. (Déf.) — (V. BONNES MOEURS, MAUVAISES MOEURS.)

M

MACARONI. — Partie importante de l'alimentation chez le tisseur de San-Leucio, 340, 356.

MAÏS. — Céréale accessoire chez le tisseur de San-Leucio, 356.

MAL (le). (Déf.) — (V. MAUVAISES MOEURS.)

MARIAGE. — Règles établies par Ferdinand Iᵉʳ à San-Leucio, présents du roi aux mariés, 337, 345, 370 ; coutumes encore subsistantes, 376. — Coutumes dans le Haut-Forez, 431.

MAROUSSEM (M. P. DU). — Auteur des Monographies, nᵒ 74 : Ébéniste parisien de haut luxe, 58 ; nᵒ 76 : Ouvrière mouleuse en cartonnage de Paris, 173 ; nᵒ 80 : Fermiers montagnards du Haut-Forez, 397.

MATÉRIEL SPÉCIAL DES TRAVAUX ET INDUSTRIES, m (§§ 6, 14, Sᵒⁿ I) : nᵒ 73, 9, 20 ; nᵒ 74, 62, 74 ; nᵒ 75, 122, 140 ; nᵒ 76, 184, 196 ; nᵒ 77, 231, 242 ; nᵒ 78, 292 ; nᵒ 79, 337, 352 ; nᵒ 80, 418, 436 ; nᵒ 81, 484, 494.

MAUVAISES MOEURS. — Favorisées parfois au Texas, par les « meetings » reli-

N

O

47

développées pour compléter les salaires insuffisants, 505.

SUCCESSION (RÉGIME DE). (Déf.) — Au Texas, liberté testamentaire absolue; morcellement pratiqué dans de justes limites, 121. — Le partage égal ordonné par Ferdinand Ier, dans la « colonie » de San-Leucio, proscrivait les testaments, 372. — Transmission intégrale des biens encore en usage dans le Haut-Forez, 404; ses résultats bienfaisants, 456.

SURNOMS, fréquents dans le Haut-Forez, 409.

SYNDICATS OUVRIERS. — A Paris, chez les ébénistes, organisent l'éducation industrielle, 63, l'assurance des outils, 72.

SWEATING SYSTEM. — Résultats de l'abus du marchandage: dans l'ébénisterie, les grands magasins écrasent le petit patron du meuble bourgeois, 96; achètent au-dessous du prix de revient à l'ouvrier trôleur, 98; leur influence dans l'industrie du jouet, 211. — Ruine la santé des ouvriers par le surmenage, 181, 188. — Conduit à l'assistance légale, 182.

T

TABAC. — Son usage chez l'ouvrier de Guise, 16; chez le savetier de Bâle, 248; la cigarette chez l'ébéniste parisien, 69; l'employé de la Papeterie d'Angoulême, 286; la chique chez le métayer du Texas et fréquemment chez les femmes, 131; la pipe chez le fermier du Forez, 443; le cigare chez le tisseur de San-Leucio, 358.

TÂCHERON. (Déf.) — Monographie de l'ajusteur surveillant de Guise (Aisne), 1. — Monographie du tisseur de San-Leucio (Italie), 325.

TENANCIER (OUVRIER). (Déf.) — Monographie des métayers de l'Ouest du Texas, n° 75, 101. — Montagnards du Haut-Forez, n° 80, 397.

TEXAS. — Province des États-Unis où habite la famille de métayers décrite sous le n° 75, domaine d'Annadale, comté de Callahan, 101; état du sol, 101; constitution agricole, 106; catégories de la population, 107; religion et moralité, 113; instruction, 116; colonisation, 154; les « farmers »; caractère et aspirations, 159; administration des Comtés, 166.

THÉATRE. — Au familistère de Guise, 16; chez l'ébéniste parisien, 69; goût passionné dans la famille de la mouleuse parisienne, 180; chez l'employé de la Papeterie d'Angoulême, 286.

TRADITIONS. (Déf.) — Maintenues dans le Haut-Forez, grâce à la ferveur religieuse et à la famille-souche, 409, 456.

TRAVAIL (ORGANISATION DU). — A l'usine de Guise, 30 à 51; dans un atelier d'ébénisterie de haut luxe de Paris, 91; dans l'industrie du jouet à Paris, 174; à la Papeterie coopérative d'Angoulême, 287, 302. — Statistique du travail comparé du savetier de Bâle et de sa femme, 234; de dix familles ouvrières bâloises, gain par heure et durée moyenne, 264. — Règlements de Ferdinand Ier, pour la manufacture de soie de San-Leucio, 368; la maison Offritelli et Pascal, 385. — Dans le Haut-Forez, alliance des travaux agricoles et de l'industrie rubanière, 404; industrie rubanière, 471. — Allumeur de réverbères de Nancy, 485. — Chez de nombreux ouvriers, impossibilité de subvenir par le travail aux besoins stricts de la famille, 506.

TRAVAUX des divers membres des familles ouvrières décrites dans le présent volume, m (§§ 8, 14, Som III): n° 73, 10, 22; n° 74, 63, 76; n° 75, 124, 142; n° 76, 185, 198; n° 77, 232, 244; n° 78, 280, 294; n° 79, 338, 354; n° 80, 421, 438; n° 81, 485, 496.

U

USINES. (Déf.) — Usine de Guise, 2, 30 et suiv. — Papeterie coopérative d'An-

J. SARDA.

TABLE DES MATIÈRES

CONTENUES

DANS CE TOME QUATRIÈME.

(DEUXIÈME SÉRIE.)

48

FIN DE LA TABLE DES MATIÈRES.

LES OUVRIERS DES DEUX MONDES.

DEUXIÈME SÉRIE. — TOME QUATRIÈME.

SOCIÉTÉ D'ÉCONOMIE SOCIALE,

SECRÉTARIAT : 54, RUE DE SEINE, PARIS.

LES OUVRIERS EUROPÉENS, par F. LE PLAY.

SOMMAIRE de la 2ᵉ édition : T. I : La méthode d'observation. — T. II : Les ouvriers de l'Orient. — T. III : Les ouvriers du Nord. — T. IV : Les ouvriers de l'Occident (*populations stables*). — T. V : Les ouvriers de l'Occident (*populations ébranlées*). — T. VI : Les ouvriers de l'Occident (*populations désorganisées*).

Prix de chaque volume, 6 fr. 50.

LES OUVRIERS DES DEUX MONDES (suite des *Ouvriers européens* de F. LE PLAY), publiés par la SOCIÉTÉ D'ÉCONOMIE SOCIALE.

1ʳᵉ SÉRIE, presque épuisée ; t. I à V. Prix : 80 fr. (Les t. II à V se vendent séparément au prix de 10 fr.).

LES

OUVRIERS

DES DEUX MONDES.

———

ÉTUDES

SUR

LES TRAVAUX, LA VIE DOMESTIQUE ET LA CONDITION MORALE

DES POPULATIONS OUVRIÈRES DES DIVERSES CONTRÉES

ET SUR

LES RAPPORTS QUI LES UNISSENT AUX AUTRES CLASSES,

publiées sous forme de monographies

PAR LA SOCIÉTÉ INTERNATIONALE

DES ÉTUDES PRATIQUES D'ÉCONOMIE SOCIALE.

———

2ᵉ Série.

TOME QUATRIÈME.

———

PARIS,

LIBRAIRIE DE FIRMIN-DIDOT ET Cᴵᴱ,

IMPRIMEURS DE L'INSTITUT, RUE JACOB, 56,

—

1895.

SOMMAIRE

MONOGRAPHIES DE FAMILLES

PUBLIÉES DANS LE PRÉSENT VOLUME.

AVERTISSEMENT

Il n'est pas besoin, en présentant au public le tome IV de la 2ᵉ série des *Ouvriers des Deux Mondes* (9ᵉ volume de la collection), de rappeler une fois de plus le caractère expérimental et la portée scientifique des monographies de familles. De pareilles études, toutes dressées suivant une ordonnance uniforme qui permet les comparaisons de détail, font seules pénétrer dans la réalité intime de la vie domestique, du travail et de la condition morale des populations ouvrières. Les nombreuses monographies publiées par F. Le Play dès 1855 dans les *Ouvriers européens*, celles plus nombreuses encore qui prennent place les unes après les autres dans les *Ouvriers des Deux Mondes*, ont mis à leur rang véritable devant le public savant ces documents, aussi intéressants pour l'histoire sociale que pour l'économie politique, qui embrassent déjà plus d'un demi-siècle et qui ont été recueillis dans les régions les plus variées. L'application de ce procédé d'étude, de jour en jour plus fréquente en Angleterre, en Allemagne, en Italie, aux États-Unis, a été mentionnée avec quelques développements ici même (V. l'Avertissement du tome III, 2ᵉ série), et prouve par un irrécusable témoignage l'utilité et la rigueur de la méthode fondée par Le Play.

Ce n'est pas à dire qu'on ne voie reparaître de temps à autre des objections cent fois présentées, et toujours réfutées. Ceux qui les relèvent à nouveau leur donneraient peut-être plus de poids, s'ils avaient eux-mêmes mis en pratique la méthode qu'ils croient devoir critiquer. La plupart se bornent, au contraire, à la regarder en quelque sorte du dehors, pour en blâmer les proportions, parfois même avec quelque naïveté. Celui-ci reproche aux divers travaux insérés dans les *Ouvriers des Deux*

Mondes d'être inégaux en intérêt et en valeur, selon le type étudié et le talent de l'observateur; inégalité inévitable, en effet, puisqu'elle est dans la nature des choses, et qui d'ailleurs n'empêche point, ainsi que M. Ad. Focillon l'a montré dans l'Avertissement du t. II, ces études si diverses de lieu, de date et d'auteur, de présenter un caractère général d'unité que leur impose la communauté de la méthode. Celui-là, probablement sans avoir jamais dressé de budget domestique, conteste l'importance accordée à des comptes qui ne peuvent être d'une exactitude absolue, et croit avoir découvert que bien des faits ne s'y traduisent qu'à peine et par des chiffres insignifiants : par exemple les coutumes ou les lois qui président à la transmission des héritages ou les principes sur lesquels se règle l'éducation des enfants. Objection puérile, car jamais les tableaux des recettes et des dépenses n'ont été séparés des « observations préliminaires » qui ont pour objet précisément de décrire, avec les détails nécessaires et dans un ordre régulier, les faits que les subdivisions multipliées du budget ont tout au moins le mérite de rappeler pour prévenir une involontaire omission.

Il en est ainsi notamment pour tout ce qui regarde la condition morale des populations étudiées. Le titre même de ce recueil place l'élément moral parmi les causes prépondérantes du bien-être et de la prospérité de la race; et Le Play, dans le cadre des monographies de familles ou des monographies de sociétés, aussitôt après les définitions indispensables, aussi bien que dans le plan de chacun de ses ouvrages, a toujours assigné la première place à ce qui touche les sentiments religieux et les habitudes morales. (V. les Monographies, § 3, et *la Constitution de l'Angleterre*, liv. IV; *La Réforme sociale en France,* livre Ier; *L'Organisation du Travail*, §§ 1 à 3; *La Constitution essentielle*, etc.). Ce qui en effet influe sur la prospérité d'un peuple, bien plus que la condition des lieux ou le mode de travail, c'est l'idée dominante chez les classes dirigeantes touchant la distinction du bien et du mal (*Ouv. europ.*, liv. Ier). C'est là une vérité fondamentale de la science sociale, souvent méconnue de ceux qui en prétendant corriger les erreurs de Le Play, ont en fait substitué les conceptions systématiques d'un matérialisme empirique aux démonstrations expérimentales de l'auteur des *Ouvriers européens*.

Parfois, ceux mêmes qui condamnent volontiers la fixité des ca-
dres du budget et des observations préliminaires, signalent en
même temps comme un défaut de méthode l'absence de classification régulière pour les notes consignées après le budget sous
le titre général : « Éléments de la constitution sociale ». C'est seulement, dit-on, en réunissant ces observations un peu plus nombreuses et moins isolées, surtout en les rangeant méthodiquement,
qu'on serait en droit de tirer de l'examen minutieux d'une famille
une vue générale sur la société dont elle fait partie. Mais telle
n'est pas l'utilité des monographies : ce serait donner à une vaste
étude une base bien étroite, ajouter à une analyse limitée des
généralisations fort incertaines, et s'exposer à d'inutiles redites,
quand plusieurs familles auraient été décrites dans un même
pays. Ce n'est donc pas par inattention ou impuissance que
F. Le Play et les nombreux auteurs qui sont venus après lui,
ont laissé au rédacteur de chaque monographie le soin de choisir,
pour les exposer à la suite du budget, les faits spéciaux ou les
conclusions d'ensemble que la vie de la famille met particulièrement en évidence. C'est ainsi que dans le présent volume
l'Ajusteur surveillant de l'Usine de Guise, ou l'Ouvrier employé
de la Papeterie coopérative d'Angoulême, permettent d'apprécier,
sur deux exemples soigneusement élucidés, le système qui par la
participation aux bénéfices, fait passer progressivement la pro-
priété de l'usine aux mains du personnel. En suivant dans les
épreuves de leur labeur quotidien l'Ébéniste parisien de haut
luxe ou l'Ouvrière en jouets parisiens, on assiste à quelques-unes
des péripéties de la lutte des fabriques collectives et des « grands
magasins ». Qu'on aille chez les Fermiers du Haut Forez constater la continuité vivace de leurs coutumes traditionnelles de
transmission intégrale et d'émigration, ou chez les Métayers du
Texas saisir sur le vif les aspirations sociales des « Farmers » de
l'Ouest américain, toujours la vie des familles confine par quelque côté à des faits d'ordre général, trop nombreux pour être
tous enregistrés sans choix judicieux, et trop variés pour ne point
échapper à une classification régulière.

Les monographies de familles, il ne faut pas l'oublier, ont un

triple but. Le plus important, celui que visait surtout F. Le Play,
c'est de mettre en évidence, par l'observation directe de la véritable unité sociale, la famille, quels sont les faits permanents qui
sont partout liés à la prospérité ou à la souffrance des races ;
c'est, en d'autres termes, de dégager de la complexité des phéno-
mènes, sans acception de système préconçu, les conditions toujours nécessaires au bien-être et à la paix sociale. Le second avantage des monographies, c'est de fournir sur l'état réel des populations des données vraiment scientifiques, des analyses précises,
bien plus utiles que des vues générales et synthétiques ; en vivant
en quelque sorte au foyer de l'artisan ou du paysan, on ressent
avec lui le contre-coup de tout ce qui le touche : le chômage,
qui amène aussitôt une restriction des dépenses ; le vrai rôle de la
femme, dont rien ne peut suppléer la présence au logis et qui,
économe ou dépensière, fait la fortune ou la ruine du ménage ;
la portée parfois surfaite des ingénieuses pratiques qui veulent
ajouter au salaire quelques « condiments »... Enfin le troisième
caractère des monographies, c'est d'être pour la science sociale
de vraies photographies familiales ; n'auraient-elles, comme on
leur en a fait quelquefois le reproche, que la valeur d'une sorte
de procès-verbal de constat ; ne seraient-elles que la peinture
naïve de la réalité vécue, elles constitueraient néanmoins pour
la statistique sociale, l'économie politique et l'histoire des mœurs,
des documents dont l'intérêt, loin de diminuer, s'accroît au contraire à mesure que le temps transforme les conditions morales
et l'état économique des populations.

Au milieu de cette évolution si rapide des hommes et des choses,
en face des agitations profondes qui émeuvent nos sociétés moder-
nes, les *Ouvriers des Deux mondes* ne cesseront d'enrichir leur ga-
lerie par des portraits nouveaux, et les monographies de familles
ainsi continuées seront à la fois une démonstration toujours rajeunie
des principes fondamentaux de la science sociale, des contributions
relevant à la fois de la morale et de la statistique pour la solution
des problèmes contemporains, et des archives précieuses pour
l'histoire des idées, des mœurs et des institutions à la fin du
dix-neuvième siècle.